Cognac en stock

Jean Chatelin

Cognac en stock

Rat-de-cave :
surnom donné aux anciens
agents des contributions
indirectes qui contrôlaient
les caves, les chais, procédaient
aux inventaires.
Par extension, le terme concerne
également la bougie en tortillon
qui servait à éclairer entre
les fûts ou les piles de stockage
pour détecter des caches possibles.
« Rat-de-cave » est l'équivalent
de « gabelou » pour les douaniers

PROLOGUE

Toutes les fins de siècles ont ceci de commun : l'exaspération de tous les peuples à vieillir pour voir si tout va aller mieux. D'un commun effort mental jaillit un besoin de ce passage symbolique comme d'une rédemption. D'autres peuples aux calendriers différents attendent leur tour. Toujours est-il que, vers 1895, en France, la société est en effervescence.

L'affaire Dreyfus divise la nation. Zola, après des doutes et des interrogations légitimes, lance son fameux « J'accuse ». Avec cette affaire, les opinions divergent et s'exaspèrent. Les ultras de droite crient en public et s'arment en secret, la gauche se radicalise, les francs-maçons souvent à la tête du pouvoir sont chahutés, on a vu un président du Conseil mis en difficulté à la Chambre faire le geste et en appeler à la Veuve ses collègues, symbole des Loges.

Pendant ce temps, forts de l'Exposition

universelle de Paris en 1889, les maîtres de forges, les inventeurs et précurseurs de la technologie préparent ou anticipent le XXe siècle.

Bismarck, quant à lui, non content de sa conquête de l'Alsace et d'une partie de la Lorraine, ourdit en secret de nouveaux plans d'invasions militaires ou commerciaux et vise le pouvoir absolu. Même après son limogeage, ses réseaux sont restés actifs.

La Russie tsariste est confrontée à une sourde révolte du peuple allié à des idéologues gauchisants et fanatiques…

Ravachol, anarchiste assassin, est guillotiné et sert de martyr, prélude à un terrorisme sanguinaire.

Tous ces événements ne semblaient pas intéresser la campagne profonde, et pourtant, sans le savoir, car tout est resté secret, la Charente que l'on disait inférieure à cette époque a été le témoin de bien des événements et il était temps de les conter.

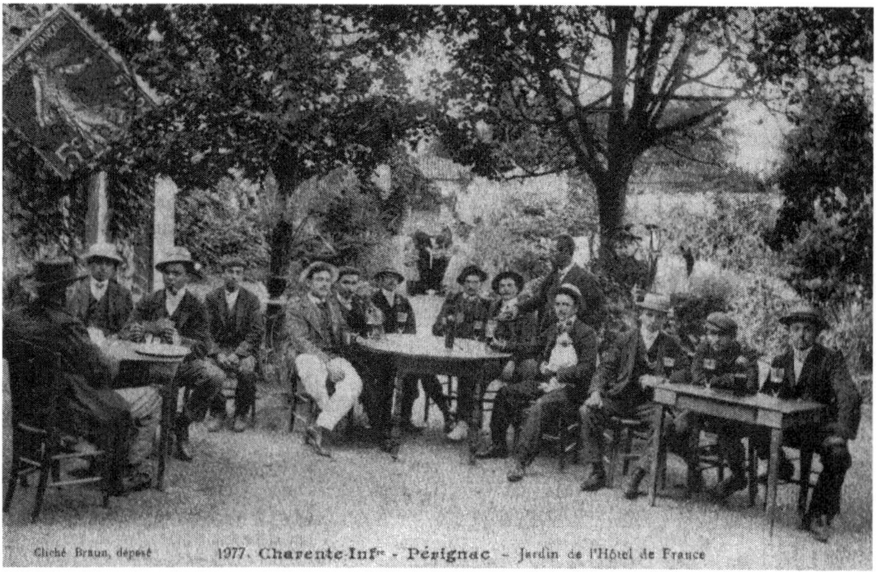
Cliché Braun, déposé
1977. Charente-Infre - Pérignac - Jardin de l'Hôtel de France

1

EN ROUTE POUR LA FOIRE

Sous les auspices d'une demi-lune montante sans un nuage, l'équipage pédestre composé d'Alain Duval et Auguste Gendre aurait pu inquiéter un témoin éventuel supposant une expédition nocturne malfaisante. Pour de possibles malandrins, ils ne se cachaient guère, devisant à voix basse mais non feutrée.

Il faut dire que nos compères, tous les deux originaires de Corme-Écluse et voisins en tant qu'exploitants viticoles, étaient comme larrons en foire à l'idée de ce qu'ils projetaient de réaliser à Saintes à l'occasion de l'exposition agricole de printemps. Et c'est ainsi que, forcés, de faire le trajet à pied, ils étaient partis de nuit et s'exposaient aux regards de la lune et des étoiles qui éclairaient leur chemin. Sans cette aubaine, nos brigands de fortune auraient néanmoins et sans peine trouver leur route, en bons braconniers et « un peu contrebandiers » qu'ils étaient.

Ils connaissaient tout et tout le monde du canton et le quand dira-t-on ne leur échappait point.

Passant devant une obscure masure, Duval dit :

— On n'est pas loin des Épeaux, on vient de contourner la maison de la femme veuve.

— Celle qu'est si fière qu'on dit que même manquant d'argent, pour faire croire qu'elle a du feu dans son poêle, elle y allume une bougie ?

— C'est tout à fait ça, mon gars.

Traversant le village des Épeaux à Meursac, Duval se sentit une envie naturelle et, apercevant une ruelle, fit signe à son compagnon, montrant sa braguette du doigt, pour lui signifier son besoin. Gendre en profita pour s'acculer à la margelle d'un puits tout prêt pour allumer sa pipe courte, qu'on appelait à l'époque un brûle-gueule…

Duval, faisant face à une murette, soulageait sa vessie et, alors qu'il rangeait une partie de son appareil génital, se tapit lorsqu'il entendit le hennissement d'un cheval secouant ses harnais. Risquant un œil par-dessus le mur, il aperçut effectivement un attelage autour duquel s'affairaient deux hommes. Intrigué par le manège de son ami, Gendre rejoignit prudemment Duval en se courbant pour ne révéler leur présence. Il jeta un regard de l'autre côté de la muraille et, dans un souffle, dit :

— C'est le chais du père Rouffet et on dirait que c'est le marchand de vin, le Lestioux, qui charge ces trois barriques d'eau-de-vie.

— Même qu'on dirait que c'est son fils qui tient le cheval.

— Gris pommelé comme ça, ça ne peut être que la jument de Lestioux, pour sûr. Quant au commis dur à dire comme il tourne le dos.

— Probable qu'il va à Saintes livrer pour le compte de Rouffet. Si on lui demandait de nous voiturer ?

— Quand un gars charge de l'alcool en cette quantité, de nuit et sans la présence du propriétaire et des rats-de-cave y a fort à parier qu'il a pas besoin de témoins et j'ai pas envie de participer à leurs histoires.

— T'as raison, on a le temps, le principal est d'être avant 9 heures au relais des Rabanières à l'entrée de Saintes.

— Pourquoi, « pétard, » avant 9 heures ?

— Y paraît qui vendent la soupe à volonté jusqu'à cette heure et, ma foi, on aura besoin de forces pour faire le tour des foirails. Et pis, si ça se trouve, on y verra

Lestioux et comme y sera à vide y nous ramènera p'têt' dans sa charrette jusqu'à Meursac.

Ils sortirent de la ruelle sans bruit et continuèrent leur chemin. Sortant du village, Duval referma enfin sa braguette sous les moqueries de son équipier qui lui fit remarquer que, braguette ouverte ou fermée, y avait pas d'importance puisqu'on laisse toujours la porte ouverte dans la chambre d'un mort.

Un peu avant l'heure fatidique de 9 heures, ils purent se restaurer chez Gendrier à l'auberge des Rabanières et la légende devint réalité. Si on y ajoute deux soubrettes à faire damner un saint –ce que n'étaient pas nos deux héros d'une nuit– la chose aurait été parfaite.

Alors que Duval lorgnait sur le décolleté provocant d'une des serveuses, il sentit une main ferme lui serrer l'épaule.

— Alors, on va se dégourdir à la foire, mes drôles ?

Sans joie mais sans ressentiment, Duval et Gendre reconnurent Jacques Filloux, le seul viticulteur et négociant de Meursac, que l'on disait en faillite.

— J'te croyais en prison, vieux brigand ? Et on dit que t'as jamais voulu payer les taxes que tu devais à la Régie et que c'est pour ça que t'as fait de la prison…

— Ferait beau voir que je paie des taxes à ces fainéants ! Je préfère la prison pour dette et, vous voyez, j'en sors de ce matin et je compte bien rentrer chez moi au plus vite pour m'occuper de mes affaires et faire un câlin à ma femme. Dame, deux mois sans tendresse, j'espère qu'elle aura su attendre.

Dans sa tête, Gendre se dit que, vilaine comme elle était, la femme à Filloux, à moins d'avoir des charmes secrets, ne devait pas avoir fauté facilement même si le cœur lui en avait dit.

Sans réfléchir Duval dit :

— T'attends pas le retour de Lestioux pour te voiturer ? On l'a vu cette nuit sur le départ en passant aux Épeaux.

Malgré le coup de coude de Duval, pressé par Filloux, il dut raconter ce qu'ils avaient vu dans la cour de chez Ruffet.

Sans donner l'impression de donner de l'importance à l'affaire, Filloux prétexta une autre opportunité de covoiturage, leur paya une fine et les quitta.

— Tu vas voir qu'on aura des ennuis avec tes indiscrétions.

— Gendre, mon ami, tu te fais de la bile pour rien.

— Dieu t'entende, Duval.

Et Dieu devait être ailleurs ce jour-là.

2598. - LA ROCHELLE & SES ENVIRONS - ATTELAGE CHARENTAIS

2

TANIA S'EST HABILLÉE DE ROUGE

Eusèbe s'est réveillé ce matin, une fois de plus en sueur, la tête pleine de cauchemars. Jamais il ne pourra oublier ce corps de femme tombant, toujours tombant, comme une feuille morte, et jamais dans ses rêves elle ne touche le sol. Pourtant il la survole sans jamais l'atteindre, juste un frôlement, du bout des doigts et, ça et là, comme des taches à travers ses yeux après les avoir frottés, telles un kaléidoscope, se superposant à la réalité, le rouge, le rouge du sang qui a souillé Tania à jamais.

À chaque réveil, comme pour tenter d'oublier, il revit l'événement. Du haut de la falaise qui surplombe les grottes de Régulus, après l'avoir suppliée, lui qui se faisait indifférent aux pensées des femmes, après lui avoir tendu sa main pour la faire se raccrocher à la vie, la vraie vie, enfin celle qu'il croyait être la bonne ou la moins mauvaise, il a cru entendre qu'elle ne l'aimerait jamais et qu'elle devait mourir. Il a tenté de descendre plus bas pour l'agripper, mais Marchand l'a arraché de la corniche et, d'une prise qui aurait pu être mortelle dans d'autres circonstances, l'a immobilisé au sol, face contre terre. Ce faisant, Marchand voulait éviter à Eusèbe de voir la fin, l'écrasement final de ce corps sur les récifs acérés de la Gironde à marée basse, le rebond pathétique de ce pantin désarticulé qui, peu de temps avant, était une femme désirée, séduisante, aimante. Un pêcheur au filet, sur sa plate, avait osé s'approcher du sanglant monument que représentait le mélange du minéral et de la chair. Il n'a pu retirer les restes de la femme, secoué par les sanglots et l'écœurement de la scène.

Marchand et Duruisseau sont descendus par le chemin commun aux douaniers et aux contrebandiers, à des heures différentes, bien sûr, pendant que Chassepot réquisitionnait la barque du pilote du port. Ils ont atteint les rochers et rassemblé les restes du corps de Tania dans une bâche huilée puis ont inspecté les lieux avant que la marée n'efface toute trace. Ni Marchand, ni Chassepot, ni Fischer n'ont permis à Eusèbe de revoir son cadavre morcelé.

Tous savaient la passion charnelle qui avait uni cette femme et leur chef d'équipe, comme ils connaissaient d'avance la fin inéluctable de cette *pasionaria*. Lors de la fouille de sa chambre, Marchand et Chassepot retrouvèrent un mot enflammé écrit de la main d'Eusèbe et, sans mot dire, le brûlèrent dans le cendrier. Ce billet était au milieu de documents chiffrés, codés que Marchand s'appropria sans procédure et sans reproche de Chassepot, maréchal des logis chef de la gendarmerie territorialement et judiciairement compétent sur le secteur.

Lors de leur dernière entrevue à la sous-préfecture de Saintes, Marchand remit à Eusèbe le bracelet que portait Tania ce dernier jour.

Ce fut le premier soir de ses cauchemars. Son parfum accompagnait le bijou, même si il savait que tous les effets de Tania avaient été désinfectés à la morgue. Caressant l'intérieur de cette espèce de torque, il retrouvait la forme de ses bras et se laissait emmener dans le souvenir de leurs étreintes.

« Plus jamais, pensait Eusèbe, je ne serai heureux dans les bras d'une femme. »

161 — MESCHERS · Les Carrières

3

PARIS, DÉBUT MARS 1898, SIX MOIS AVANT LE DRAME

Eusèbe Guillard, nouvellement promu inspecteur principal des Contributions indirectes, Tabac, Poudres et Allumettes, foulait amoureusement les tapis de son bureau. Une plaque en cuivre, comme celle des médecins, indiquait « Chef de la Brigade mobile de surveillance et d'intervention ». Installé au sein des chais de Bercy, dans une maison saisie à un trafiquant d'alcool, son service se trouvait au cœur du marché de gros de vins et alcools en tout genre. Sortis de la crise du phylloxéra, le commerce du vin redevenait florissant, la technique de greffage avait donné satisfaction et la meilleure qualité des produits avait relancé le commerce.

Bercé par le bruit sourd des futailles roulées sur les pavés de l'entrepôt, il relisait sa fiche de poste. « En tout lieu, en toute heure et tout temps, traquer le trafic qui grève le budget de l'État. »

En outre, dans son portefeuille, il détenait l'autorisation permanente de visite de jour comme de nuit pour poursuivre la fraude sur tout le territoire national. Il était le chef de ce que l'on appelait les « rats-de-cave », le terme « gabelou » étant réservé aux douaniers en souvenir de la gabelle. Peu aimés mais redoutés par la profession, ils assuraient l'essentiel des rentrées budgétaires de la Nation qui ne connaissait à l'époque, ni impôt sur le revenu ni TVA, pour cause. Sa porte s'ouvrit alors qu'il regardait par la fenêtre le va-et-vient perpétuel des pinardiers au labeur. Sans se retourner, il accueillit son visiteur qui seul pouvait se permettre une intrusion, Samuel Fischer, son adjoint. Ce dernier vint le rejoindre près de l'huisserie et lui glissa un message dans sa main.

— C'est urgent ?

— Cela peut attendre la fin de votre contemplation. Vous me tiendrez au courant ?

Jamais Samuel n'avait pu se résoudre à tutoyer Eusèbe malgré les nombreuses invites de son chef et leur complicité inaltérable et répétée.

— Reste ! Prends un siège.

Il ouvrit le pli dont l'enveloppe était à l'en-tête de la Direction générale. Il marmonna et, se dirigeant vers un tiroir de la commode près de lui, il en tira deux cigares, de contrebande, bien entendu, des vrais de Cuba. On disait que les femmes roulaient les feuilles pour assembler et serrer en fagot l'herbe à Nicot.

Religieusement, ils coupèrent le bout, humectèrent de leur salive le fruit de leur désir et allumèrent, à l'allumette, le cylindre de tabac. Les premières inspirations étaient primordiales pour que la combustion soit parfaite et déterminer si l'objet consommable était de qualité.

La fumée bleuâtre et le léger sourire de contentement des deux hommes en disaient long sur leur béatitude.

— Quelle heure est-il, Samuel ?

— Quinze heures un peu passées.

— Alors on peut encore accompagner ce cigare d'une eau-de-vie de Cognac, n'est-ce pas ?

Sans mot dire, Fischer alla chercher dans l'armoire bouteille et verres demandés. Après avoir versé religieusement le précieux liquide et l'avoir chacun bercé dans le récipient calé dans le creux de la main, une petite sucée savourée, juste pour s'humecter, Samuel prit la parole :

— C'est si grave ?

— Grave peut-être pas, ennuyeux sans

doute. Le directeur général veut me voir ce soir, à 20 heures dans son bureau, sans que je me fasse reconnaître et, pour ce faire, me fera prendre par un cocher devant ma porte. Sans doute une corvée inavouable ou un reproche.

— Ou un nouveau compliment. Nous avons quand même découvert un sacré trafic d'eau-de-vie du Calvados et cela nous a valu…

— … bien du souci avec la hiérarchie locale peu contente du bruit que cela a fait. Enfin, nous verrons. Au retour, je m'arrêterai chez toi et je te raconterai. Passons ! As-tu eu des nouvelles de ta famille restée en Alsace comme tu l'espérais ?

— Oui et non, tout est filtré par les sbires du Kaiser et on ne peut que lire entre les lignes. Ainsi, quand mon frère écrit : « Je pèse le pour et le contre pour opter pour la nationalité allemande, » on comprend qu'il voudrait rester français mais que les circonstances l'obligent. Cette situation divise les familles et… vivement qu'on récupère l'Alsace et la Lorraine.

— S'il existe, que Dieu t'entende, Samuel.

Son verre fini, Samuel prit congé et promit un souper alsacien à Eusèbe.

Pris dans ses pensées, puis dans une

montagne de rapports à étudier et à signer, il ne vit pas les heures passer quand on frappa à la porte de son bureau.

Prié d'entrer, le concierge du bâtiment lui annonça l'arrivée d'un fiacre venu le chercher.

— J'arrive ! lança-t-il en faisant signe de le laisser.

Il se dirigea vers le cabinet de toilette où il se rafraîchit brièvement, rajusta sa cravate. Il passa dans son appartement de fonction pour y prendre une veste non froissée, sa canne plombée et descendit l'escalier lentement.

— Quand vous rentrerez, M. l'Inspecteur principal, vous sonnerez le code à la porte que je ne vous confonde pas avec un voleur…

Il acquiesça d'un geste et sortit. Devant la grande porte se tenait un cocher, chapeau à la main, qui attendait.

Après avoir répondu à l'invitation de s'asseoir, par la vitre qui donnait sur le poste de conduite, il crut apercevoir la crosse d'un fusil à peine dissimulé par le capot protégeant les jambes de son pilote. Ce dernier dut s'en rendre compte car, ouvrant la séparation, il lui affirma avec un sourire mi-figue mi-raisin :

— Les rues ne sont pas sûres de nos

jours. Entre les anarchistes et autres anti-tout, il vaut mieux être prudent. D'ailleurs, je vois que vous avez à la main votre arme favorite, je me sens protégé.

Les rues parisiennes s'étaient vidées de leurs voitures en tout genre qui, inlassablement, livraient et emportaient toutes les denrées nécessaires à la vie de la capitale. Les derniers tramways Mékarski à air comprimé finissaient leur course presque silencieuse. Les fiacres ou cabriolets des noctambules prenaient le pas sur la vie industrieuse du jour. Les réverbères s'illuminaient particulièrement sur les grandes avenues tracées par le baron Haussmann. Dans les rues adjacentes s'animaient des bistrots populaires où se côtoyaient bourgeois en goguette, filles de rue, mendiants et voleurs tout en recherche d'aventures, d'imprévus. Ainsi, Eusèbe, coutumier des mœurs parisiennes, grâce à son métier, regardait à peine, et, en bon philosophe, avait résolu de ne pas se tracasser sur le sujet de sa convocation.

Arrivé au siège de sa direction générale, rue de Rivoli, dans les locaux du ministère des Finances, il semblait qu'on l'attendait, car, à peine descendu, un huissier vint le prendre en charge. Après d'interminables couloirs et quelques marches, ils parvinrent devant la porte du directeur général. En entrant, il eut la surprise…

1004 Passerelle du Métropolitain, Quai de Bercy
Vue prise du Pont d'Austerlitz. — LL.

4

OÙ ON PARLE DE DREYFUS, ENTRE AUTRES !

…la surprise de voir assis à la place de son patron, debout près de la fenêtre donnant sur le Louvre, le ministre en personne, à cette époque, Raymond Poincarré. À côté du directeur se tenait un homme de grande taille, puissant, dont le visage ne reflétait aucun sentiment ni aucune particularité. De toute évidence, une fois parti, il devait être difficile de le décrire avec précision.

— Asseyez-vous, M. Guillard, dit le ministre, et rapprochez-vous, messieurs.

Assis autour du bureau ovale, chacun se regardait en coin.

— Je vais vous présenter ce monsieur si discret. M. Sébastien Marchand est commandant dans l'armée de terre et actuellement détaché au service du renseignement de la défense de notre pays. Je vous expliquerai le moment venu le motif de sa présence. Tout ce qui sera dit ce soir ne sera pas forcément acté. Votre concours,

M. Guillard, va nous être précieux pour déjouer des manœuvres venant de l'étranger visant à déstabiliser le pays. Je pressens votre question : pourquoi vous, qui plus est dans une affaire qui concerne la sécurité intérieure de l'État, auriez-vous été choisi ? Premièrement, il s'avère que vous êtes originaire de la Charente-Inférieure, lieu de vos prochaines investigations. Deuxièmement, nous avons été avisés de sombres trafics d'eau-de-vie de Cognac par le préfet ainsi que le directeur local des contributions indirectes. Ces faits vous serviront de couverture pour la vraie mission que je vais vous expliquer. Troisièmement, notre alliance toute nouvelle avec la Russie nous a amenés à la souscription d'un emprunt dans ce pays garanti par leurs chemins de fer. L'ambassadeur, en cure après une fracture consécutive à une chute de cheval, tient à remettre le protocole à mon ministère à une personne sûre ne voulant confier le document ni à la Poste, ni à aucun autre que vous. Il semble vous connaître et veut que ce soit vous le chargé de mission.

La phrase ressemblait à une question. Fouillant dans sa mémoire, Eusèbe se rappela un soir, Quartier latin, un homme attaqué par ce que l'on dénommait des « apaches, » qu'il avait aidé à se défaire de ses agresseurs. Il lui avait donné son nom, sa fonction, l'avait raccompagné jusqu'à un immeuble où flottait le drapeau de la grande Russie. Avec un simple merci, il était rentré sans un regard en arrière ce soir-là. Faisant mine de ne pas comprendre, il prit la parole.

— D'accord pour ma connaissance du terrain, d'accord pour pouvoir traiter une histoire de trafic d'eau-de-vie, d'accord pour récupérer un courrier en main propre, mais que puis-je faire pour être utile au commandant Marchand ?

Le ministre lui répondit :

— Il semblerait que des anarchistes, voire des révolutionnaires russes tentent de détourner des quantités de poudre dans nos arsenaux afin de confectionner des bombes soit pour déstabiliser le pays par des attentats, soit pour viser les intérêts du tsar dans notre pays. S'y ajoute la présence de l'ambassadeur en Charente-Inférieure, et des vols constatés dans des casemates proches de son lieu de résidence actuel. Vous n'êtes pas sans savoir que la poudre noire va être remplacée par la nouvelle dite sans fumée, plus puissante. Or la réglementation prévoit que votre service est habilité à faire les inventaires et le suivi de la destruction des anciens produits. Néanmoins, bien qu'il devienne qu'obsolète, cet explosif est toujours redoutable et utilisable. On a constaté, lors des premiers inventaires, des manquants importants.

— Il me semble que les autorités militaires ont également tous pouvoirs pour leur contrôle interne.

— Puisqu'il faut vous convaincre, dit le ministre, vous savez également que l'affaire Dreyfus embête les hautes instances de l'armée et que les services de renseignements sont très mal vus et, pour éviter d'attiser le feu, mon collègue de la défense m'a demandé mon aide.

— J'aimerais entendre les arguments du commandant Marchand, demanda Eusèbe.

— Je comprends vos réticences, tant au point de vue de votre sécurité que de votre idée sur mon service, mais, confidentiellement, je peux vous dire que je fais partie d'un groupe de militaires convaincus de l'innocence de Dreyfus et nous avons demandé la révision du procès. Nombreux veulent pourtant étouffer l'affaire et prétextent l'affaire, qu'ils estiment déjà jugée. Je risque une mise à pied, voire mon exclusion de l'armée, mais ce n'est pas un argument que je vous opposerai. Ce n'était qu'une information pour vous signaler ma tendance. Par contre, le fait que l'enquête sur les poudres soit menée par un civil me permettra de prendre du recul. Officiellement, je serai votre clé d'entrée dans les poudrières. En outre, je pense que toutes ces affaires sont mêlées et que l'Allemagne mène le bal. L'objectif de l'ennemi est de nous retarder dans nos efforts de réarmement. Qu'en dites-vous Guillard ?

— Eh bien, je dis que si l'affaire d'alcool est croustillante, je prendrai la poudre en supplément. Qu'en est-il, Monsieur le Directeur ?

— Deux séries de procès, au civil comme au pénal, en appel pour les deux instances, font état de vols d'eau-de-vie de Cognac dans un village d'une commune qui s'appelle Meursac. Tout le monde s'en mêle, et c'est un peu l'affaire Dreyfus du secteur. Les droits en jeu sont conséquents ; et il y a probablement coupage, falsification. Victimes et accusés sont des notables, nos services locaux, un peu engourdis, ne disposent pas de notre matériel d'analyse portatif. J'ai assuré le préfet et le directeur local de la Régie de votre passage à La Rochelle.

Le procureur de Saintes m'a fait parvenir une copie de la procédure d'appel que j'ai lue en travers mais qui m'apparaît effectivement comme propre à légitimer votre présence sur les lieux. Des questions ?

— J'ai effectivement vu un rapport succinct de cette affaire mais très édulcoré. Vu sous cet angle, je prends, mais à une condition : que Fischer m'accompagne.

— Sans problème.

Poincarré se leva alors et, s'approchant d'Eusèbe, posa la main sur son épaule et lui dit :

— Vous avez carte blanche, utilisez toutes les ressources du ministère. Votre directeur vous donnera un ordre de mission en ce sens, vous avez préséance sur les autorités locales. Vous êtes autorisé à procéder à toutes les enquêtes et perquisitions qui vous sembleront utiles. Prenez vos armes de service, je ne voudrais pas que le commandant soit le seul à faire le coup de feu et, surtout, je veux un rapport télégraphié tous les deux jours. Me direz-vous comment vous connaissez l'ambassadeur de Russie ?

— Un service, un service personnel.

— Restons à ce service.

Poincarré sortit en saluant. Le directeur signa les formulaires pour le bon accomplissement de la mission et remit une copie de la procédure judiciaire du tribunal de Saintes.

— Le rapport qu'a exigé le ministre, j'en

veux un exemplaire en même temps, moins laconique que ceux que je pressens, je me suis bien fait comprendre, Guillard ?.

— Le message est clair, Monsieur le Directeur. Ha ! au fait, Marchand, vous profitez de ma voiture ?

— Vous voulez dire la mienne conduite par mon aide de camp ?

— Décidément, une règle à respecter : toujours se méfier d'un agent secret.

— Bienvenue au club !

ATELIER DES TONNELIERS
Avec les Compliments de la Société des Propriétaires Vinicoles de Cognac J. G. MONNET & Cie - Cognac

5

LA CHOUCROUTE DE MME FISCHER ET LES RÉVÉLATIONS DE MARCHAND

— Où allons-nous, demanda Marchand ?

— Chez Fischer ! Je suppose que je n'ai pas besoin de vous donner l'adresse !

— Porte des Lilas pour commencer.

— Nous allons donc chez M. Fischer, mon commandant !

— Je suppose que votre « aide de camp » va nous accompagner dans nos déplacements et, dans ce cas, il serait possible de le désigner autrement que par « cocher Machin ».

— Vous avez raison. Je vous présente le sergent-chef Duruisseau qui, après avoir fait bien des campagnes, me fait l'honneur de me seconder. Habile à tous les arts de combat, à pied, à cheval, dans l'eau, en aérostat, tireur d'élite, c'est le seul homme à qui je confierais ma vie aveuglément.

— À ce sujet, mon commandant, aveugle

ou pas, il me semble que nous sommes suivis et, les faubourgs de Paris s'avançant, nos suivants se rapprochent également, et d'un peu trop près, à mon goût.

— Au coin de la rue, dans l'angle mort, je descends, je te confie notre passager qui est démuni de moyen de défense.

Avec un sourire, Eusèbe montra sa canne au pommeau plombé et, appuyant sur un mécanisme à peine visible, fit jaillir une lame de 18 centimètres au bout de l'engin.

— Comme quoi, on ne se méfie jamais assez d'un rat-de-cave ! Tu t'arrêtes 50 mètres plus loin et puis... À nous de jouer. Essayons d'en garder un en vie.

La manœuvre se fit comme à la parade. Passé l'angle de la rue, Marchand se blottit contre une porte cochère. Surpris par l'arrêt inattendu du fiacre, les suivants bloquèrent leur cabriolet en travers du fiacre de nos amis pour les empêcher de bouger et quatre lascars se découvrirent, couteaux et manches de pioche à la main. Sans procéder à la moindre semonce, Duruisseau, le fusil de chasse à la main, -et quel fusil de chasse !- canon et crosse sciés, tira les deux cartouches dans les jambes des assaillants. L'un des deux tomba alors qu'un deuxième prit la poudre d'escampette. Le troisième, qui voulait rebrousser chemin, tomba nez à nez avec Marchand qui, pensant l'estourbir, lui asséna un violent coup de crosse à la tempe. Mais l'homme devait être robuste, car, au lieu de vaciller comme prévu ,pointa son poignard vers son agresseur qui, tirant au jugé l'envoya *ad patres*. Le dernier assaillant, le temps que le cocher recharge son arme, prit son élan, bouscula Eusèbe et, au passage, tua d'un coup de révolver son complice à terre avant de s'évanouir dans une ruelle plus loin. Pas plus de deux minutes s'étaient écoulées.

Duruisseau marmonna :

— Pas de prisonnier et un cadavre sur les bras !

La fusillade finie, les gens du quartier, s'enhardissant, pointaient le nez à la fenêtre et appelaient la police à l'aide.

— Duruisseau, vous chargez le cadavre dans le cabriolet et vous emmenez le tout à notre service au fort de Vincennes. Ensuite, vous vous faites déposer devant la porte de M. Fischer. Faites-vous annoncer et rejoignez-nous. Vite ! En voiture, Guillard, nous allons être en retard chez votre adjoint.

Pas de trace de sentiment dans le regard, simplement un éternel va et vient d'yeux balayant les alentours. Ayant pris la place du cocher, l'agent du contre-espionnage laissa Eusèbe seul dans ses pensées. Arrivés à destination, ils s'annoncèrent et, subitement, il vint une question :

— Vous laissez le fiacre et son cheval seuls dans la rue ?

— Rassurez-vous, si je n'avais pas prévu l'attaque sur le trajet, un de mes hommes nous attend depuis une heure pour monter la garde.

— Ainsi, le deuxième bureau espionne les rats-de-cave maintenant ?

— Compte tenu que nous étions supposés travailler ensemble, il me fallait des certitudes, et votre adjoint faisait partie de mes interrogations.

Eusèbe se cabra subitement.

— Est-ce en raison de ses origines alsaciennes et religieuses ? On dit que Dreyfus est tombé surtout à cause de ça.

— Si vous permettez, on en parlera avec votre adjoint sans détour, d'accord ?

— Il semble que c'est vous qui menez le jeu depuis le début… Ai-je le choix ?

— À partir de ce soir c'est vous le patron, à part la sécurité, bien sûr, et je vous suis comme votre ombre.

Les présentations faites, Eusèbe relata dans le détail leur mission et ses interrogations que Fischer partagea immédiatement. On sonna à la porte et Duruisseau fit son entrée. Sentant les effluves du repas à venir, il eut du mal à rendre compte de sa mission.

— Origine de l'assaillant, à défaut de papiers d'identité, pays du Caucase. Il a été proprement tué d'une balle en plein cœur. Pas la moindre trace, l'anonyme le plus absolu. Ces aventures m'ont donné faim et, sauf votre respect, l'odeur qui émane de la cuisine damnerait une fois de plus le curé de Cucugnan.

Se levant et jetant un regard circulaire sur l'assemblée et plus particulièrement sur Marchand, Eusèbe dit :

— Duruisseau, avant de satisfaire à votre envie légitime et afin d'éliminer toute équivoque, j'aimerais que notre as du ministère de la Défense nous explique ce qu'il projetait de nous dévoiler ce soir chez M. et Mme Fischer. La choucroute est un plat qui mijote longtemps et quelques minutes de plus ne gâteront en rien la qualité du mets ni le bonheur de se restaurer.

— Allons aux faits, Marchand. Quelle révélation avez-vous à nous confier, enfin surtout à propos de Dreyfus ?

Fischer se rembrunit et l'atmosphère changea du tout au tout. Résigné, Duruisseau prit une chaise et son mal en patience.

— Avant toute chose, même si mon nom

ne le dévoile pas, je suis, comme M. Fischer, d'origine alsacienne, de Colmar plus précisément et ma famille est de confession juive. J'avoue que je suis athée mais malgré tout je suis solidaire de ma communauté d'origine.

Il faut croire que le sujet n'avait jamais été abordé devant lui car Duruisseau, les yeux écarquillés, en avait presque oublié son ventre vide. Le reste de l'assemblée n'était pas moins surpris. Poursuivant, et profitant de son effet, il se tourna vers Eusèbe et dit :

— J'ai reçu le frère du capitaine Dreyfus, Mathias, et je lui ai donné de quoi faire un pourvoi contre le jugement. Malheureusement, même si de plus en plus d'entre nous songent à la machination, beaucoup de militaires dans les « hautes sphères » ne veulent pas se déjuger de peur de salir nos rangs, la « Grande Muette ». Aussi, mon chef, convaincu comme moi, pour me préserver, m'a confié cette mission afin de m'éloigner un temps. Mais, à la tournure des événements, ce que je croyais une sinécure m'apparaît bien plus grave que je l'envisageais et, si cela n'ennuie personne, je pense nous adjoindre un nouvel élément pour plus de sécurité, à moins que M. Duruisseau n'ait des objections à faire ?

Marchand avait ainsi repris la main, enfin l'espérait-il.

— Duruisseau n'y voit aucun inconvénient, à condition que l'on mange rapidement…

Tout le monde se prit à rire devant la mimique du sergent-chef et, comme par magie, Mme Fischer fit son apparition en apportant l'objet du désir, de tout un chacun en fait.

— Je vous donne quitus de vos explications, Marchand, mais je reste vigilant, glissa Eusèbe dans le creux de l'oreille du militaire.

— Un homme averti en vaut deux, mon cher Guillard !

Malgré sa réticence, Marchand imposa Duruisseau comme garde du corps à leur arrivée à Bercy et, comme convenu lors du repas, ils se donnèrent rendez-vous à cet endroit précis à dix heures du matin. Tous devaient faire leur plan de route et partager les tâches. Marchand prit la place de cocher. Petite nuit à venir et plus petite encore que prévu.

Duruisseau prétendit dormir sur une chaise devant la porte de l'appartement de Guillard. Celui-ci, lui mettant un doigt sur les lèvres, le prit par la manche et l'amena dans la chambre d'hôte adjacente à la sienne.

— Vous serez mieux pour me protéger, sergent-chef.

Le cerbère grommela un bonsoir et s'allongea tout habillé.

Au milieu de son court sommeil, Eusèbe, croyant entendre un bruit, se redressa et, à la lueur des réverbères, constata la porte ouverte de la chambre de son garde. Aussi, il ouvrit le tiroir de sa table de nuit pour en extraire son arme de service, un revolver dernier cri, un MAS 92 version civile. Il s'assura que le barillet était pourvu et, pieds nus, après avoir traversé son bureau, s'avança vers l'escalier.

Il vit une silhouette au bas des marches et l'interpella. En se retournant, à l'invite peu gracieuse émanant de l'étage, Duruisseau - car c'était lui - lui fit signe de le rejoindre.

La porte donnant sur la rue était entrouverte et, sur le seuil, mi-allongé, mi-accoudé le long du chambranle, se tenait le concierge, inconscient, une pommette éclatée et probablement une bosse à venir sur le front.

Guillard, chuchotant, demanda :

— Que s'est-il passé ?

— Certainement une autre tentative d'attaque. J'ai entendu des bruits de lutte en bas et je suis allé immédiatement aux nouvelles en essayant de ne pas vous réveiller au cas où j'aurais rêvé. Il y a fort à parier qu'en entendant ma venue les agresseurs ont pris la poudre d'escampette. Mais ils ont laissé du matériel. Regardez !

À quelques mètres de la porte, deux bouteilles : l'une brisée, l'autre encore debout. Des chiffons étaient introduits dans le goulot et exhalaient une odeur forte.

— Du pétrole ! s'écria Eusèbe.

— Plus sûrement de l'essence de pétrole dont on se sert pour les véhicules automoteurs.

— J'ai déjà vu cette sorte d'assemblage, mais où ?

— Je vais tout de suite vous éclairer M. Guillard, c'est une bombe artisanale. Vous allumez le chiffon et vous le lancez sur l'objectif avant que cela ne vous pète au visage. On dit chez nous, au deuxième bureau, que c'est un Russe qui a inventé le procédé. Ne me demandez pas son nom. Il faut nous débarrasser de ça.

Joignant le geste à la parole, il « désamorça, » si l'on peut dire, les engins incendiaires.

De retour dans le hall, porte fermée et concierge ravigoté, ils convinrent d'un tour de garde éveillé et alterné. Eusèbe avait toujours son arme à la main et, à force de serrer la crosse instinctivement, les jointures de sa main étaient blanches.

— Décrispez-vous, chef. Ils ont loupé, ils ne reviendront pas tout de suite. Je vois que vous avez la version civile de l'arme de service de l'armée.

— Bah ! il faut suivre l'évolution technologique, mon bon. Cette bonne vieille poudre noire devenait archaïque et, croyant faire de l'humour, avec la fumée qu'elle dégageait, on ne voyait plus sur qui on tirait.

Gravement, Duruisseau lui répondit :

— Dépassée, elle peut encore faire bien des dégâts, comme ces bouteilles. À propos des revolvers, savez-vous à qui l'on doit ce chargement de munitions à l'aide d'un barillet ?

— Je sais seulement que c'est un Américain, M. Samuel Colt, qui a inventé le système, mais sans plus.

— Ce M. Colt était dans la marine et c'est en voyant la barre de son navire que l'idée lui est venue. C'est bien plus pratique que ces armes à trois ou quatre canons avec autant de détentes.

— Vous êtes un puits de science, mon cher. Voulez-vous prendre le premier quart, Duruisseau ? Je suis crevé.

— Sans problème, chef.

En fait, il assura la garde jusqu'au réveil d'Eusèbe. Dès l'arrivée de Fischer, il s'éclipsa, prétextant préparer ses bagages pour cette mission imprévue. Haussant les épaules, Samuel alla aux nouvelles et prit connaissance des événements de la nuit. Utilisant la ligne téléphonique attribuée au service, il appela le commissariat local et réclama une garde renforcée des entrepôts. Pour plus de sécurité, il rendit compte à la Direction, rue de Rivoli, et il ne sut jamais si son appel ou l'appui discret du ministère fit que, une heure plus tard, un nombre impressionnant de sergents de ville se postèrent à proximité.

À partir de l'arrivée des forces de l'ordre, l'ambiance fut tendue dans les chais. Les bruits circulèrent, amplifiés, comme de coutume.

— Ils vont tout visiter !

S'ensuivit une activité accrue dans les allées de Bercy. Certains remettaient à jour leur comptabilité matières, d'autres vidaient discrètement certaines cuves non déclarées tandis que quelques-uns se lamentaient d'avoir des manquants à justifier.

Planté à sa fenêtre, Eusèbe se délectait de ce spectacle.

— Regarde, Samuel, comme ils s'agitent. Il y a fort à parier que le receveur de la

Régie va encaisser beaucoup de droits aujourd'hui. On devrait rééditer cette fausse alerte.

3 — Environs de LA ROCHELLE - LAUZIÈRE
Pêcheurs d'Huitres remontant le Canal - L. C.

6

AU BOUT DES RAILS, LA ROCHELLE

À dix heures, comme convenu, l'équipe se retrouva dans le bureau d'Eusèbe. Il avait été convenu de voyager par le chemin de fer et ainsi se préserver de la fatigue.

Départ, le lendemain, au lever du jour à sept heures et arrivée probable à La Rochelle à dix-sept heures, selon les humeurs de la machine à vapeur.

La feuille de route fut rédigée et chacun se vit attribuer une mission. L'équipe militaire devait se charger de l'entrevue avec le préfet et les autorités en charge des poudrières, les rats-de-cave, d'une prise de contact avec la hiérarchie locale, qui, prévenue, devait fournir les moyens de transport. Ils devaient dès que possible prendre contact avec le procureur de Saintes. Duruisseau s'était fait livrer une malle quai de Bercy et il se mit à en faire la revue. Outre ses affaires de rechange, on pouvait y voir son fameux fusil de chasse et quelques armes de poing de toutes les tailles. De son côté, Samuel vérifia le matériel de contrôle œnologique : pèse-alcool, pipettes, récipients de collecte d'échantillons, table de réfaction, fils d'acier, plombs et pince à sceller, étiquette d'inventaire, papier à en-tête de la Régie et tampons officiels. Placés dans des valises munies de niches feutrées, tous les appareils étaient manipulés avec soin.

Duruisseau s'exclama :

— Chacun ses armes.

Le temps passait et, à deux heures, Samuel commanda une collation à la brasserie en face de leur bureau et, après y avoir fait honneur rapidement, ils reprirent leurs préparations.

Marchand laissa pour la deuxième fois son aide de camp au service d'Eusèbe.

À l'aube, un fiacre et une charrette de transport attendaient l'un ses passagers, l'autre son fardeau.

Rendue aux abords de la gare, la troupe se scinda en deux pour le chargement et la prise de possession des places réservées. Duruisseau prétendit voyager avec ses malles et Samuel fit de même pour son matériel. Dans le wagon à bagages se trouvaient des meubles à livrer à un notable de Rochefort *via* La Rochelle, *dixit* les étiquettes d'accompagnement. Aussi nos deux compères s'accommodèrent du divan destiné à Jules Garand, demeurant place Colbert.

Ainsi abandonnés, titulaires de deux banquettes en vis-à-vis, les deux chefs d'équipe prirent leurs aises. Les sièges bien rembourrés aidèrent l'un à dormir, l'autre à relire les rapports et les minutes du procès, annoter son calepin, biffer, sur-ajouter, déchirer la feuille, en remplir une autre. En bon soldat, Marchand profitait du voyage pour récupérer. Chacun ses priorités…

Arrivés le soir, trop tard pour les rendez-vous officiels et hiérarchiques, ils se rendirent au foyer de l'école des Douanes où leur logement avait été réservé.

De bonne heure, Eusèbe se rendit à la Direction locale des Contributions indirectes pour confirmer la présence de son équipe et Sébastien se chargea de la visite au préfet.

À midi, l'équipe au grand complet se retrouva sur les quais devant les deux tours du port de La Rochelle à la terrasse d'une auberge renommée.

— Cette entrevue avec le grand chef des rats-de-cave ?

— Comme d'habitude, notre présence sème le trouble, voire indispose la hiérarchie locale. Je vous cite le directeur : « Je ne comprends pas l'importance donnée à cette affaire que nous aurions pu régler par nous, mêmes et je vous assure que le moindre faux pas de votre part sera répercuté à qui de droit. » Lorsqu'il a vu l'ordre de mission signé du ministre, il s'est vu muté d'office à Cayenne ou un de ses enfers pour fonctionnaire en quarantaine. Il est secoué mais tellement esclave de son statut qu'il ne bougera pas un petit doigt pendant notre enquête. Ainsi, si nous réussissons, il nous aura aidés ; si ça foire, il n'y sera pour rien. Et vous, le préfet ?

— Même cursus, même préoccupation, ni aide ni entraves. Vive la République ! Mais, tout compte fait, je préfère cette situation, pas de compte-rendu pas de rapports, rien que notre autonomie.

— À l'autonomie et à table ! Duruisseau avait levé son verre et appelé un serveur.

Les obligations mondaines s'étant passées rapidement, ils purent prendre le temps de choisir leurs moyens de locomotion, une calèche à capote avec malle arrière et deux chevaux de selle. Il faisait beau. La bâche relevée, les quatre compères devisaient comme de vieilles connaissances.

Au foyer des Douanes se déroulait, le soir, la cérémonie officielle de remise des diplômes de fin de stage, conclue par un repas champêtre où l'équipe se trouva invitée. Une fois de plus, la nuit fut courte, mais personne ne fit défaut à l'heure du départ.

Il était convenu que, dès Rochefort atteint, Eusèbe et Sébastien feraient à cheval les premières visites des poudrières et que les deux autres continueraient la route jusqu'à Saujon. Rendez-vous à la gare locale.

En fait, la première casemate d'importance se trouvait à Brouage, ancien port à ce jour ensablé. Forteresse imaginée comme tant d'autres par Vauban, elle avait perdu de son importance stratégique maritime mais restait sensible quant à son arsenal.

L'inspection faillit tourner au désastre. En effet, la découverte de comptes falsifiés et le nouvel inventaire permirent d'établir un manquant de l'ordre de 50 kilogrammes de poudre. Où étaient-ils passés ? Marchand fit rugir le télégraphe de ses constatations. Le message en retour fut clair : sanction immédiate et alerte rouge à tous les sites concernés.

Hélas ! pensait le militaire, le pire était commis, il y avait fort à parier que la situation était la même partout sur les lieux sensibles.

Ainsi, on se dirigeait de supposition en certitude. Direction Marennes !

58. Environs de MARENNES (Char.-Inf.)
Pêcheuses sur les bancs d'huitres de la Pointe de Der

7

RENCONTRE ÉLECTRIQUE À MARENNES

Même constat amer à l'arsenal de Marennes. L'officier responsable prévenu de leur arrivée avait précédé leur volonté de refaire l'inventaire et devant, à nouveau, des manquants de la même quantité évoqua le suicide. Tout frais émoulu de l'école militaire, il se reprochait d'avoir pris le poste peu de temps auparavant, sans mettre en doute les inventaires certifiés de son prédécesseur. La garnison étant plus fournie qu'à Brouage, il fut convenu qu'en collaboration avec les douaniers locaux des patrouilles se feraient pour trouver d'éventuelles traces de la marchandise évanouie dans la nature. Le complot prenait forme. La poudre, les moyens étaient disponibles, la cible identifiée, le plus dur étant de trouver et de mettre hors d'état de nuire la bande armée qui, désormais, hantait l'esprit des enquêteurs.

C'est ainsi que, chacun dans ses pensées,

nos fins limiers prirent le chemin de Saujon où les attendait le reste de l'équipe.

Ce mutisme leur permit d'éviter un accident imprévisible et bien en dehors de leurs préoccupations majeures.

Alors qu'ils prenaient la direction du Gua, sur une longue ligne droite, ils entendirent un sifflement d'air accompagné d'un bruit de roulement souple sur le revêtement damé de la route.

Curieux, poussant les chevaux sur le bas-côté, en se retournant vers ce bruit étrange, ils aperçurent un engin oblong et fuselé monté sur quatre roues équipées de bandages avec un seul individu à bord. Le véhicule automobile –car s'en était un– ne pouvait supporter qu'un passager, le chauffeur. Mais, par rapport aux autres moyens de locomotion modernes mus grâce à un moteur très bruyant alimenté par de l'essence de pétrole, celui-ci se démarquait par son silence relatif.

Harnaché d'un blouson, d'un casque et de lunettes, le conducteur, sans doute surpris par nos deux amis, freina l'engin en pleine vitesse et l'immobilisa un peu plus loin. Lestement, il sauta du véhicule tout en enlevant son équipement. Débarrassé de son attirail, il vint à la rencontre des deux cavaliers toujours sur le coup de l'étonnement.

— Bien le bonjour, messieurs. Permettez-moi de vous présenter mes excuses pour l'émoi que j'aurais pu provoquer. Je suis le comte de Chasseloup Laubat, baron de La Gataudière, pour vous servir. Je suis en effervescence car je relève un défi, que dis-je ? un duel avec un adversaire de marque, le Belge Jantezy. Oui, je vois que je parle un charabia qui vous dérange. Aussi je reprends du début.

L'homme était affable, d'un abord sympathique, franc et ouvert. Les deux cavaliers mirent pied à terre, attachèrent leurs montures à un buisson tout près et attendirent.

— Je suis inventeur et je mets au point un moteur à propulsion automobile dont l'énergie provient de grosses piles. Un de mes collègues, un Belge, s'est mis en tête de me lancer au défi : battre son record de vitesse, 65 kilomètres à l'heure. Le jeu est devenu compétition car, depuis un ou deux ans, quand l'un perd, il améliore son moteur et regagne la première place, et ainsi de suite. Je viens de transformer certains détails de mes piles et je pense établir un nouveau record. C'est pourquoi, plongé dans mes réglages au pied de mon bolide, je ne me suis aperçu de votre présence qu'au dernier moment. Ah ! que voulez-vous ? Ce château de la Gataudière est propice à l'invention. C'est un arrière-grand-père de mon épouse qui a ramené l'arbre à caoutchouc de Guyane après y avoir exercé le mandat de gouverneur. Et, pendant vingt ans, il a cherché le moyen d'utiliser les propriétés de la sève de l'hévéa. Un jour, il a eu l'idée d'y mélanger de l'essence de térébenthine. À force de dosages différents, il est arrivé à ses fins. Dunlop utilise le procédé et ainsi on a vu l'apparition des bandes de roulement à la place des ferrures des roues de charrette. Michelin, quant à lui, a inventé la chambre à air pour remplacer les boyaux des vélocipèdes. Les industriels ont volé l'invention à la famille de ma femme. Comme Parmentier s'est approprié la pomme de terre, encore une découverte du clan de La Gataudière. Baste ! Nous ne sommes pas plus argentés, mais tellement plus riches dans nos têtes.

Marchand prit la parole :

— Avez-vous été contacté par des financiers, des étrangers, attirés par votre technique de l'énergie ?

— Vous pensez que je me vendrais à l'ennemi ?

— Ce n'est pas mon intention mais, quelques fois, par manque de fonds pour faire avancer ses recherches, on peut être tenté…

— Je ne sais qui vous êtes, mais je vais répondre sincèrement à votre question. Ma passion est plus intellectuelle et j'y ajoute le goût du risque et de la compétition. Sans le Belge, qui suis-je ? Les producteurs de pétrole savent que, tant qu'il y aura des puits et des raffineries pour produire l'essence qui propulse les véhicules, nous resterons dans la marginalité, l'anecdotique. Je sais qu'à terme on reviendra sur ce mode d'énergie, mais je ne serai pas là pour le voir. Mais qui êtes-vous, messieurs, car, sans crainte de me tromper, j'ai l'impression d'avoir affaire à des gens bien curieux dans tous les sens des mots ?

Sans se concerter, les deux hommes déclinèrent leur qualité et, sans dévoiler l'essentiel, lui avouèrent être en mission dans la région.

— Je comprends mieux vos questions et, concernant l'étranger, il se trouve qu'un homme à l'accent alémanique m'a proposé de me louer les terres et les bâtiments agricoles du château et que j'ai refusé. Il est revenu à la charge, insistant sur les qualités des caves où ,selon lui, on pourrait faire vieillir le vin et les alcools locaux. Je savais qu'un de mes amis voulait louer sa propriété agricole et je l'ai envoyé là-bas.

— Le nom de la propriété ?

— La Mothe, à Meursac.

200. Charente-Infre – Meursac
Château de la Mothe – Départ des Vendangeurs

8

OÙ GUILLARD SE DÉVOILE (EN PARTIE)

Guillard, à la grande surprise de ses compagnons, avait stoppé l'équipage entre la pancarte signalant, à droite de la route principale, la direction du village « La Cabane » et l'entrée d'un domaine à l'allure distinguée, et il avait annoncé qu'il rejoindrait un peu plus tard ses équipiers à Meursac, situé à moins d'un kilomètre, à l'auberge du centre où leurs chambres devaient avoir été réservées. Il avait prétexté une connaissance à rencontrer. La journée était tiède. Il laissa sa monture aux bons soins de Duruisseau.

Cheminant ainsi, seul avec ses pensées, il s'arrêta devant l'entrée marquée de part et d'autre d'un pilier maçonné surmonté d'une pierre en forme de pointe de diamant. Autrefois, on en voyait les vestiges, il devait y avoir des gonds et un portail. L'allée bordée d'ifs menait en pente douce de manière latérale à une entrée élégante, porte cochère, probablement de l'époque de la Renaissance. Guillard se décida à descendre ce chemin voyant en son bout des hommes s'agiter autour d'une remorque et en descendre et manipuler de grosses futailles que deux paires de bras suffisaient à peine à déplacer. Sorti d'on ne sait où, un grand échalas au foulard écarlate, bien soigné, une trique à la main, vint à sa rencontre. Son sourire était visible et affiché, ses manières affables mais le regard qu'il lançait contredisait la façade.

— À qui ai-je l'honneur ?

— Eusèbe Guillard, natif de Meursac, village de l'Ombrail, de retour, provisoirement, sur ses souvenirs.

— J'ai entendu parler de vous, chevalier, je suis le chef de culture. Hélas ! le maître des lieux est absent et, quand il apprendra votre passage, il sera désolé de ne pas avoir été présent.

Les tâcherons s'étaient arrêtés, et Eusèbe ressentit une sorte de malaise.

« Chevalier », il y avait bien longtemps qu'on l'avait appelé de la sorte.

Un seul geste de celui qui semblait être le chef d'équipe et tout le monde reprit sa tâche.

— Je ne vais pas vous faire rebrousser chemin alors que nous sommes presque à l'allée principale qui mène au bourg.

Le tenant familièrement mais fermement par le bras, il dirigea son hôte vers le lieu qu'il avait désigné sans hâte apparente. À l'angle des deux chemins, ils entendirent subitement un juron, *scheise*, cri de douleur d'un ouvrier qui s'était coincé les pieds lors de la manœuvre d'un fût. Sans se départir de son calme, l'homme au foulard rouge se retourna puis, prenant la parole :

— Karl nous vient de Hagueneau et ne parle que l'alsacien.

Le ton de la voix laissait comprendre qu'il s'agissait bien là d'une affirmation et non d'une explication.

— Je m'installe à l'auberge du centre pour quelques jours et j'espère avoir l'occasion de vous revoir, peut-être même de vous avoir à ma table.

— Je ne fréquente pas les lieux publics, Monsieur le Chevalier, mais merci pour votre invitation. Vous trouverez la sortie sans difficulté. Il faut que je surveille mon équipe.

Il n'avait pas besoin de se retourner pour sentir dans son dos le regard de son interlocuteur. Il était sûr également que, tant qu'il ne serait pas sorti de la propriété, il serait surveillé. Aussi il prit son temps et, seulement sur la route principale, il fit face à la charmante entrée Renaissance du domaine. L'homme au foulard était resté là où il l'avait abandonné et l'ouvrier blessé s'agitait devant lui. Il lui sembla voir un coup de trique arriver au visage de l'Alsacien.

Intrigué, il poursuivit son chemin en prenant par une ruelle à gauche puis à droite, traversa prudemment la rue principale, laissa à droite l'auberge et, par les jardins, se dirigea vers l'arrière d'une maison. Un puits, manifestement en travaux de réfection, agrémentait la petite cour. Il frappa à la porte et un homme lui fit signe d'entrer.

— Bienvenue chez toi, Eusèbe. Manon n'est pas là mais te salue. Dès que j'ai reçu ton courrier, j'ai fait ce que tu m'as demandé.

— Salut, Rémi, mon ami. Je suis désolé de troubler ta quiétude, mais j'avais absolument besoin de toi et de ton puits. Manon est toujours aussi belle ?

— Plus que jamais, et je ne saurai jamais te remercier de me l'avoir présentée un soir de bal de la Saint-Jean.

— Des enfants ?

— Deux, un gars et une fille, le choix du roi.

— Veinard ! Mais dis-moi, le puits ?

— Il donne toujours accès au souterrain, mais, côté nord, il semble que l'on obstruait le passage et, quand on s'approche de l'éboulement, des chiens aboient et, au ton, il ne s'agit pas de petites pestes de bourgeoises. Je n'ai pas insisté…

— Tu as bien fait, on verra plus tard. Ce passage entre ta cave et celle de l'auberge existe-t-il toujours ?

— Ce n'est pas à toi que je devrais le dire, « rat-de-cave, » mais oui, et de temps en temps il sert quand on ne veut pas avoir affaire à la Régie !

— Je n'ai rien entendu.

Ils prirent le passage et aboutirent dans une local taillé à même la roche, derrière la cave officielle puis ils gravirent les marches pour arriver dans le couloir de service de la salle principale de l'auberge. L'établissement était bondé. Ce jour-là avait lieu la foire mensuelle et le lendemain devait se tenir une course de chevaux dans les champs près de la scierie. Après celles de Gémozac, les épreuves équestres Meursacaises concluaient une saison prisée par le canton.

Un rideau faisait la transition entre l'office et la salle publique. En écartant le tissu, Eusèbe vit ses compagnons déjà installés à une table.

— Tu peux rentrer chez toi, Rémi, et, surtout, on ne se connaît pas !

Sans bruit ni réponse, ce dernier fit demi-tour et disparut par où ils étaient venus.

Il était temps de faire son entrée.

Au début, peu de clients lui prêtèrent attention mais progressivement sa présence s'imposa. Sans hâte, il se dirigea vers le comptoir et, de quelques coups secs, il tapa dessus avec le pommeau de sa canne. Plus un bruit ! Tous les regards convergèrent vers ce nouveau venu.

— Ce n'est pas parce que c'est jour de foire qu'il faudrait me négliger. J'ai soif, du frais, du bon !

— Décidément, chevalier, l'esprit de votre aïeul est en vous à défaut de son sang !

Sortie de la cuisine, une femme dans la plénitude et la magnificence de ses trente ans se dressait devant lui.

Interloqué, Duruisseau tapa du coude Fischer et lui demanda :

— « Chevalier » ? Vous êtes au courant ?

Fischer secoua les épaules. Dans son dos, une voix se fit entendre :

— Chevalier d'occasion, sujet de dérision !

Eusèbe avait entendu et se retournant à moitié, s'adressant davantage à la foule qu'à son détracteur, lança à la cantonade :

— Certainement d'adoption, mais surtout de cœur et ce titre que je ne porte pas dans la vie m'est aujourd'hui plus cher devant la critique perfide que j'entends. L'amour d'un homme donnant tout à son fils adoptif est bien plus respectable que possession de terres. Le nom de l'Ombrail est attaché à un chevalier et celui qui foule ce domaine ne doit que s'incliner devant le souvenir de son passage ici-bas.

Eusèbe fit face à la femme qui semblait être la maîtresse des lieux.

— En vérité, ma chère Madeleine, ma cousine germaine, je suis bien aise de vous voir. Depuis notre dernière entrevue auriez-vous pris mari ?

— Quand on vous connaît ainsi que les hommes en général, on hésite à s'engager.

— Passons ! Avez-vous pu nous réserver les locaux que je vous avais demandés dans mon message télégraphié ?

— Heureusement que vous m'avez prévenue suffisamment tôt. Ainsi, j'ai pu vous loger dans l'ancienne direction annexe des Ponts et Chaussées.

De plus en plus étonnés, les compagnons d'Eusèbe se regardaient et s'interrogeaient sans réponse, « Chevalier » ? « Les Ponts » ?

Une serveuse répondit à une partie de

leurs préoccupations en expliquant qu'en 1830 environ, l'ingénieur des Ponts –à l'époque cette corporation portait uniforme, bicorne et épée– était propriétaire de vignes à Meursac. Il prétendait surveiller les vendanges et avait transféré ses locaux puis réquisitionné une partie de l'auberge de Meursac. Ainsi la commune avait été, durant quelque temps, le siège des Ponts et Chaussées de l'arrondissement, à son corps défendant.

Mais pourquoi « chevalier » ? La soubrette n'en savait rien, engagée depuis peu à l'auberge.

Eusèbe, en compagnie de sa belle cousine, rejoignit la table de ses amis.

— Je vous doit une explication. Mon arrière-grand-père a été adopté par un homme issu de cette commune, hors du commun, un hobereau d'avant la Révolution qui a échappé à la guillotine parce qu'il était officier de marine et sans terre. Après bien des aventures, corsaire de Surcouf, chercheur d'or, de diamants en Afrique australe, il est mort là-bas et a légué son titre et son nom. J'ai rangé « chevalier » dans mes souvenirs et je suis resté Guillard à l'état civil. Mais ici, pour ceux que j'ai côtoyés dans ma jeunesse, je suis toujours le chevalier de l'Ombrail. Aussi, vous comprendrez que j'aie bondi sur l'occasion de cette enquête pour faire un petit pèlerinage. Cousine, si tu n'étais pas ma cousine, je te jure que je te ferai une cour infernale jusqu'à ta rémission. Il n'y a donc pas un homme ici présent qui soit capable de se faire aimer ?

À la manière dont Marchand regardait Madeleine, il était clair à cette heure qu'elle avait un prétendant. Le regard gêné de l'aubergiste ainsi que ses joues rosies en disaient long. Eusèbe fit mine de ne pas s'en apercevoir.

La nouveauté de leur présence avait fait long feu mais, à la longue, le brouhaha habituel dans l'établissement reprit ses droits.

Tapant à nouveau de sa canne sur la table cette fois, le silence revint. Se levant, Eusèbe déclara solennellement :

— Je ne suis pas venu pour passer des vacances mais exercer mon métier ! Pour ceux qui l'ignoreraient, je suis Eusèbe Guillard, inspecteur principal de la Régie des contributions indirectes. Dans cette commune une affaire a été portée en justice pour détournement d'eau-de-vie de Cognac. Des droits sont en jeu, et mes collègues et moi sommes missionnés pour faire la lumière sur ces transports d'alcool, clandestins ou non, frauduleux ou non. Aussi, dès après-demain, nous recevrons en ces lieux et sur convocation les témoins cités dans les minutes du procès en appel qui vient d'avoir lieu et dont nous sommes détenteurs. Mon adjoint, M. Fischer, notifiera vos heures pour les auditions préalables. Les détenteurs de registres d'entrées et sorties devront venir avec les titres de mouvement justifiant les écritures. Le fait de ne pas déférer à ces convocations sera considéré comme opposition à fonction et peut donner lieu à poursuites et amendes conséquentes.

L'ambiance n'y était plus et la salle se vida peu à peu.

Un homme manifestement saoul se leva en toisant Eusèbe d'un regard haineux.

— Tu es non seulement un voleur de nom mais un emmerdeur de rat-de-cave.

— Ça tombe bien que je te croise, M. Filloux, tu es le premier convoqué après-demain, à neuf heures ici même.

— Et si je viens pas ?

— Eh bien, la maréchaussée viendra te convaincre. N'oublie pas : neuf heures, avec tes registres.

L'homme sortit en grommelant.

— Fischer, mon ami, pourriez-vous nous faire remplir ce pichet ? Et du bon !

Ainsi interpellé, Samuel comprit que son chef venait de l'alerter en le vouvoyant.

Faisant mine de prendre le récipient et tendant l'oreille près du visage de son patron, il entendit juste cette phrase :

— L'homme au comptoir avec la grande casquette d'ouvrier, soi-disant de Hagueneau, vérifie l'accent au passage, sans plus… Prudence !

— Madeleine, conduit nous à nos appartements préfectoraux. Fischer nous rejoindra plus tard, à moins que vous ne désiriez passer la nuit à cette table ?

Tout le monde approuva, surtout l'aubergiste, qui devait remettre en place son établissement pour la course hippique du lendemain.

Le logement était spacieux : un bureau, trois chambres, une pour Guillard, la deuxième pour Marchand, la troisième pour le reste du groupe.

Fischer de retour, la feuille de route fut donnée, une équipe à Cozes, l'autre à préparer les convocations. Sous prétexte de fumer un cigare sans gêner personne, Eusèbe sortit dans la nuit noire et personne ne le revit ce soir-là, à l'exception de Samuel qui lui fit son compte rendu. Patois alémanique sans doute, mais certainement d'outre-Rhin. Pour qui se serait intéressé à ce qui se passait dans l'auberge, il aurait pu constater que Marchand, invoquant l'insomnie, discutait avec Madeleine en lui prêtant la main pour l'aider, mais le rythme n'y était pas. Duruisseau prit son temps pour s'occuper des montures. Ainsi la nuit fut courte pour tout le monde.

— Ile d'Oléron (Charente-Infre.) — Pesage des vins. — Production annuelle 250.000 hect.
— O faut pas pesé trop rac, pasque si les charriers voulant régaler tchieuque — Z — amit en route, l' négociant zi trouvindra pus son compte. — *Zidor 2.*

9

LA MARÉCHAUSSÉE À COZES

Comme convenu, le lendemain matin, après une collation frugale, Guillard et Marchand prirent le chemin de la gendarmerie de Cozes ayant préféré le cheval à l'attelage comme mode de locomotion. L'héritier du chevalier était muet et n'accordait que peu d'intérêt aux tentatives de son compagnon d'aborder le sujet de sa cousine. Déçu du mutisme d'Eusèbe, il prit la tête. Ainsi, de galop en trot alterné du pas majestueux des montures, ils atteignirent leur but. Hélas ! la porte était bouclée et personne pour répondre.

Sur le côté de la bâtisse, des parcelles de jardins s'alignaient et, dans l'une d'elles, un homme en sabots de bois, pantalon de coutil et chemise sans boutons, retournait un lopin de terre en essuyant de temps à autre son front avec les flots d'un large foulard qu'il avait noué autour de son cou. L'individu était de grande taille et bien membré, ses bras aux muscles saillants le démontraient. Sa bêche retournait des pans de terre sans effort et la saison aidant la poussière venait noircir ses avant-bras luisants de sueur. Ayant certainement terminé sa tâche prévue, il se redressa et dit aux deux cavaliers :

— Pas la peine de casser la porte, il n'y a personne à la brigade avant deux heures. Mes collègues sont en patrouille mais, malgré mon repos, je peux peut-être vous renseigner ?

— Je suis le commandant Marchand et voici mon équipier, M. Guillard. Notre venue a dû être annoncée. À qui ai-je l'honneur ?

— Maréchal des logis-chef, Balthazar chassepot, chef de la brigade à cheval de Cozes, pour vous servir. En effet, on m'avait prévenu de l'arrivée d'officiels, mais je ne m'attendais pas à votre visite aujourd'hui. Comme c'est mon jour de repos, je profitais de mon potager.

— Ainsi, comme Candide, vous cultivez votre jardin ? s'exclama Eusèbe.

— Avec le logement, le jardin est l'accessoire de la solde d'un gendarme à la campagne, et il est agréable de manger des légumes et des fruits que l'on n'est pas obligé d'acheter. Mais, trêve de parlote, cet été qui n'en finit pas me met la gorge à sec, et je pense que vos montures se feront une joie de partager notre écurie avec mon bon Lucifer. L'abreuvoir devrait les réunir comme mon petit vin rosé de pays devrait vous satisfaire.

Le chef avait l'air aimable, coopératif, pas bête et accueillant. Eusèbe, au fait des qualités gustatives de certains rosés de pays, restait sur la défensive.

— Je sais, enfin, à peu près pourquoi vous êtes là. Mes gendarmes patrouillent avec deux autres de Royan autour de la propriété de l'ambassadeur à Meschers. Quand ils ont fini, nos collègues de Saujon prennent le relais. Toutes les autres tâches sont suspendues. Ah ! *(poussant la voix)* voilà mon épouse Agnès, qui, comme à son habitude, s'inquiétait sans doute de me voir rien faire.

— Nullement, mon ami. Vous voyant deviser avec des étrangers, j'ai supposé qu'il s'agissait des personnes que vous attendiez et, l'heure avançant, je voulais savoir si vous alliez les inviter à déjeuner pour m'organiser.

— L'intention est charmante, madame, mais nous ne voudrions pas vous importuner, répondit Marchand.

— Si vous savez vous contenter des produits du pays et d'un mobilier militaire, en une demi-heure j'aurai réglé l'affaire.

Eusèbe voulu protester mais Chassepot lui prit le bras.

— Si elle l'a dit, c'est que cela lui fait plaisir. Vous ne le savez peut-être pas, mais la vie de femme de gendarme n'est pas rose. Souvent ignorées par les dames comme il faut du canton, jalousées par d'autres, confinées dans des logements quelques fois peu salubres, nos épouses sont contentes quand elles peuvent se changer les idées, et comme elle sait que vous venez de Paris, tout en ignorant votre mission, que je connais à peine, laissez-la s'agiter à sa guise, et je peux vous assurer que vous ne serez pas déçus. Agnès est un vrai cordon bleu. Pendant ce temps, j'espère que vous allez éclairer ma lanterne.

Le temps était chaud. Ils s'installèrent sous une tonnelle dans la cour derrière la gendarmerie. Un puits trônait près d'une table faite de deux tréteaux sur lesquels était posée une porte pleine. À peine assis, Agnès dressa la table en étalant au préalable une nappe cirée un peu juste en longueur. Balthazar souleva le couvercle du puits, tira sur une fine corde et sortit enfin un casier métallique, en zinc, où dégoûtaient de l'eau six bouteilles au bouchon muselé articulé. Le gendarme en mira une puis une suivante :

— En attendant la soupe, vin blanc ou vin rosé ? De ma vigne, bien sûr, et n'ayez crainte : il s'agit de petit vin clairet pas trop chargé en alcool, des « vins de soif » comme on dit. De toute façon, ici les cépages sont faits pour le rendement, pour l'eau-de-vie de cognac.

— Ma foi, mon bon, je tendrais pour du blanc, dit Eusèbe. Et vous, Sébastien ?

— Du rosé quant à moi !

— Alors, au fait, messieurs les mystérieux, nous avons le temps. Je connais ma femme, elle n'aura pas résisté à la tentation de vous éblouir. D'ailleurs, je l'entends fureter à la cave.

Sans rien oublier, Marchand exposa par le détail les soupçons ministériels, les deux missions officielles de Guillard, émissaire gouvernemental auprès de l'ambassadeur, et l'affaire de vol d'eau-de-vie. Il relata leurs premières investigations sur Rochefort et Marennes et leur installation à Meursac.

— Qu'attendez-vous de moi, mon commandant ?

— Pour demain, votre présence en tenue pour assister Eusèbe dans son enquête de rat-de-cave car il se peut qu'il ait besoin de la force publique. Les viticulteurs n'aiment pas trop payer des taxes et j'ai ressenti hier une forte animosité à l'encontre de mon compagnon de la part de l'un des protagonistes de cette affaire.

— Je parierais pour Filloux, à Meursac. C'est le plus virulent de la bande de mécréants du coin !

— Gagné, Balthazar. Je sens que notre collaboration va être fructueuse.

— C'est bien gentil, mon commandant, mais, pour le reste, la gendarmerie est supposée faire quoi ?

— Vous allez toucher des renforts, comme on a dû vous le dire, ce n'est pas définitif mais ils resteront tout le temps de la mission principalement pour assurer vos tâches habituelles. Nous avons besoin de vous et de votre troupe locale qui connaît le terrain comme personne.

L'arrivée de la femme du gendarme fit changer le fil de la conversation.

En verve Marchand raconta quelques potins mondains pour satisfaire la curiosité de la maîtresse des lieux et lui promit de lui faire passer une revue qu'il avait apportée et dont il avait fini la lecture.

Le temps de la vaisselle, les hommes restèrent seuls et Marchand donna la consigne, à savoir surveiller discrètement le domaine et les habitants de la Mothe et plus particulièrement le régisseur.

— Et attention, précisa Marchand, s'il est ce que je crois, il ne va pas être facile de le piéger.

— En civil ?

— Ne me dites pas que vous ne vous déguisez pas en bourgeois pour certaines de vos enquêtes !

— Je dois avoir des ordres pour cela.

— Voilà une autorisation de vos supérieurs pour toute la durée de la mission. Je tiens à savoir ce que font nos vignerons alsaciens et surtout qui ils rencontrent. Pas d'arrestation ni de question, tout dans la finesse. Pendant que les yeux et les oreilles seront braqués sur l'enquête des rats-de-cave, personne ne remarquera vos hommes. Désolé pour vous mais vous restez en tenue pour assister mon ami Guillard, mais libre à vous d'alterner avec un de vos hommes.

TYPES SAINTONGEAIS

Le vieux brûleur d'eau-de-vie

Pap., J. Prévost, Édit.

10

LA SOMBRE AFFAIRE LESTIOUX

Fischer, comme à son habitude, avait bien œuvré pendant ce temps. Premières auditions et analyses des comptabilités matières, entrées et sorties des eaux-de-vie, lieux de stockage, destinataires s'amoncelaient sur les deux bureaux. Comme à l'école, le rat-de-cave avait schématisé sur un grand tableau noir la circulation de l'alcool. Toutes les premières investigations faisaient revenir à Rouffet. Ce dernier disposait en fait de deux chais, l'un au village des Épeaux, l'autre adjacent à sa propriété dans le bourg même de Meursac.

Malgré la défiance des gens de la campagne à l'égard des fonctionnaires des contributions indirectes, la rumeur, non contresignée dans les procès-verbaux, faisait état d'une activité soutenue de prêteur sur gages du sieur Rouffet.

De fait, nombre d'entrées d'alcool dans ses chais étaient justifiées par des remboursements en nature de prêt, usuraires pratiqués par le notable local. L'examen du cadastre local montrait qu'il avait constitué un patrimoine conséquent même s'il était disparate et disséminé sur la commune pour les mêmes raisons de petits prêts à de petites gens.

Les recherches s'étaient compliquées du fait que le transporteur, Lestioux, était décédé et que le fils soutenait mordicus qu'il n'avait pas participé au transport et qu'il avait fait appel pour laver son père des accusations mensongères dont il avait fait l'objet.

En conclusion, malgré les calculs de Fischer, impossible de trouver trace des deux barriques d'eaux-de-vie. Cela équivalait à dire que si Rouffet n'avait pas porté plainte pour vol, personne n'aurait rien su, et encore moins les services locaux qui pratiquaient régulièrement des inventaires des marchandises détenues.

En clair, la plainte dénonçait le plaignant pour production, ou achat et revente clandestins. Connaissant le sieur Rouffet, c'était comme s'il s'était tiré volontairement une balle dans le pied, hypothèse peu probable.

En fin d'après-midi, toute l'équipe réunie fit le bilan et, en entendant parler de Rouffet, Madeleine ne put s'empêcher de faire ses commentaires :

— Vous pouvez ajouter que le bonhomme est friand des jeunes veuves, voire des filles de ses débiteurs, et que, pour éteindre une dette, il laisse suggérer une « gentillesse » de temps en temps, enfin, quand je dis une gentillesse, vous voyez ce que je veux dire…

— Vous avez subi, Madeleine ? demanda Marchand, subitement tendu.

— Je ne dois rien à personne et, même aux pires extrémités, pour rien au monde je ne ferais appel à cet individu !

Fischer et Eusèbe échangèrent un regard complice que Marchand ne vit pas, aveuglé par son penchant pour la belle aubergiste qui avait rougi à la question.

— Je ne voulais pas vous vexer mais, à évoquer les mœurs de ce goujat, j'imaginais le pire, au point de le punir.

Eusèbe versa une tournée générale et vanta la gloire, le savoir-vivre, et surtout la galanterie de l'armée française.

— Demain, on débarque chez Filloux. Je reste persuadé que la solution nous viendra de ce drôle de paroissien, décida Eusèbe. Et les comptes du château de la Motte, au fait, qu'est-ce que ça donne ?

— Au centilitre près, une exactitude jamais atteinte par nos meilleurs clients.

Je dirais d'une précision militaire germanique, répondit Fischer.

— Pour banaliser notre présence, nous irons faire une visite de leur chais et procéder à quelques prélèvements.

— Demain, c'est du rat-de-cave pur jus donc, Marchand, si vous voulez continuer les casemates ou toute autre chose, je vous libère. Ensuite, si nous avons le temps, on enchaîne avec Rouffet.

— J'ai des rapports à transmettre et des gens à voir, aussi je me laisse abandonner sans problème. Mais diable pourquoi l'expression « rat-de-cave » ?

— Le rat-de-cave, mon ami, est l'ustensile le plus utile dans notre profession. Il s'agit d'un cordon enrobé de cire roulé comme un ressort. Son enrobage permet de le tenir à bout de bras sur une assez longue distance pour explorer sans se tordre les intervalles entre les piles de bouteilles ou les espaces entre les fûts et tonnes de vin ou eaux-de-vie. On a trouvé grâce à ce petit engin des entrées de caves secrètes ou des arrangements qui n'arrangeaient que nos redevables.

— Alors, longue vie au rat-de-cave !

— Mon bon Chassepot, demain, vous serait-il possible de passer voir l'ambassadeur de Russie et lui demander audience pour mon compte. Ainsi je gagnerai du temps et évacuerai cette mission qui m'honore mais me pèse…

— Sans problème, M. Guillard de toute façon je dois faire une inspection de mes hommes chargés de la sécurité du diplomate.

— Dans ce cas, dit Marchand, je vous retrouve demain à votre brigade car je dois passer à la casemate de Talmont. On fera un bout de chemin ensemble, peut-être aussi le retour.

— Avec plaisir, mon commandant. Disons 8 h 30 à Cozes.

— Entendu.

Eusèbe enfila son manteau de pluie, mit son chapeau et s'apprêta à sortir.

— Cousin, vous ne mangez avec nous ?

— Gardez ma part au chaud, moi aussi j'ai des gens à voir et qui ne tiennent pas à être vus en ma compagnie. Alors, la nuit, comme tous les chats sont gris, et si vous avez peur, le commandant se fera un devoir de vous protéger ainsi que Fischer.

À peine dehors, il se faufila dans les ruelles où il jouait enfant, se retournant souvent, et arriva devant une cabane de jardin sur le chemin qui menait de la scierie aux bois voisins. Le cadenas ne fit pas long feu et, dans l'abri, Eusèbe souleva une trappe recouverte de fagots. Une échelle de meunier permettait d'accéder à une cave qu'on aurait pu prendre pour une chapelle souterraine par la présence de deux voûtes adjacentes de style roman, deux arcs en plein cintre de toute beauté. Il écarta d'autres fagots et pénétra dans le fameux souterrain de Meursac. Il sortit de sa poche le fameux rat-de-cave, l'alluma et prit le chemin en pente douce. À un endroit, un éboulement rétrécissait le passage mais c'était praticable. En même temps, cela lui permit de savoir qu'il était au niveau du presbytère un peu au sud de l'église. À son niveau, le passage était dallé et pavé aux quatre côtés.

Quinze mètres plus loin, le boyau contournait ce qui était un puits. Un accès était aménagé, probablement pour permettre aux assiégés de s'approvisionner en eau sans risquer sa vie. Au niveau de cette fenêtre, suspendue à une corde, se balançait mollement une nacelle. Il s'installa à 21 heures pile et siffla un code. Doucement, la nacelle servit d'ascenseur. Arrivé à hauteur de la margelle, il se fit aider par son complice, Rémi, pour s'extraire de l'engin.

— Tu n'as pas maigri, mon bon Eusèbe ?

— On mange trop à Paris ! Bon, trêve de plaisanterie, comment ça se passe là-dessous ?

— Activités intensives, des fûts s'empilent mais on sent que le départ est proche. Ils sont plus joyeux, même le contremaître est plus aimable avec les employés. Le peu d'allemand que je connais m'a fait comprendre que leur mission est presque finie et le serait déjà si vous n'étiez pas là. Ils s'attendent à votre visite et ont tout préparé pour donner l'apparence de l'honnêteté. Mais pourquoi passez par le souterrain ce soir ?

— Je voulais m'assurer que cette partie était libre, au cas où… Mais je vais sortir par ton hangar pour le retour.

NVIRONS DE COGNAC — Vieux pressoirs

11

PREMIÈRES INVESTIGATIONS

Le premier chais de M. Rouffet était une annexe de sa résidence principale, en plein centre du bourg. La réussite du notable s'affichait dans l'architecture du bâtiment. Deux ailes au toit pointu et, à la place des tuiles habituellement utilisées par les locaux, des ardoises d'Angers, signe notoire de richesse. La réserve d'alcool servait essentiellement de stockage provisoire avant l'expédition définitive aux clients. La visite se passa rapidement. On ne relèvera ni anomalie comptable ni matière. Eusèbe et Fischer menaient la danse sans commentaires excessifs, sous l'œil intéressé de Duruisseau que Marchand avait laissé pour la sécurité des rats-de-cave. Notre soldat tenait religieusement les registres comme un bedeau les Évangiles à l'église. Sollicités officiellement, les services locaux des indirectes ne s'étaient pas déplacés au motif d'un surcroît de travail. Rouffet ne disait mot et prit place dans la voiture des enquêteurs comme un condamné allant à l'échafaud. Ils se dirigèrent vers le chais principal du village des Épeaux, lieu où tout avait commencé. Rouffet était de plus en plus nerveux, triturant sa casquette comme une serpillière trempée. Fischer tapa du coude son chef qui lui fit signe qu'il s'en était aperçu. Il faut dire que les Meursacais avaient troublé leurs habitudes et assistaient qui de sa fenêtre qui de son pas-de-porte le passage de l'équipage. Pas un mot. Contrairement à ses dires de la veille, Filloux n'avait pas daigné être là, ce qui contrariait Eusèbe.

Arrivés à destination, Rouffet ouvrit le cadenas de l'entrepôt et, à la demande des enquêteurs, les suivit pour un inventaire contradictoire. Ils prirent leur temps, consignant un à un les barriques et les fûts marqués à la craie de la nature et le degré du produit. La fameuse bougie s'avéra utile et, après comptage, c'était bien un stock conforme à la théorie qui se trouvait dans les chais, même si les trois fûts volés n'avaient pas encore décomptés. Ils refirent l'inventaire et, à un moment, Rouffet se mit à vociférer, braillant qu'il reconnaissait tout, même le faux vol. Et plus Fischer s'escrimait et se tortillait avec son rat-de-cave, et plus le propriétaire des lieux s'étouffait.

— C'est bon, Fischer, M. Rouffet semble avoir des choses à nous dire, l'inventaire est clos. Et arrêtez de hurler, dit-il en tapant du pied le plancher.

C'est alors qu'il eut une révélation. Il fit mine de rien et donna l'ordre de retour à leur bureau provisoire pour consigner leurs constatations.

Fischer connaissait trop son chef pour s'étonner de son manque de pugnacité pour trouver le stock clandestin, car il devait y en avoir puisque Rouffet avait réussi à reconstituer les manquants. S'il n'y avait plus de manquants, on comptait trois fûts en excédent. Eusèbe lui fit un signe complice et ordonna la mise sous scellés du chais. Le notable, calmé mais encore cramoisi de son éclat, demanda l'autorisation de passer à son domicile pour prendre son médicament pour le cœur et une paire de lunette pour la lecture de ses déclarations à venir.

Eusèbe accepta mais commit Duruisseau à la garde rapprochée du contrevenant.

Seuls, Eusèbe rassura son collègue. Il ne lâchait pas si vite la proie

— Vois-tu, mon ami, j'ai compris deux choses lors de notre visite : l'affolement de Rouffet tenait plus de la peur de ton rat-de-cave que de la constatation des excédents. Il m'a donné l'impression que sa vie était en jeu. De plus, en tapant du pied, j'ai fait tomber de la poussière et je pense que le stock clandestin est dans un sous-sol camouflé.

— Alors, pourquoi ne pas foncer et profiter de cette peur inhabituelle ?

— Et si on menaçait de mort notre bon ami Rouffet. Il est sûr qu'il est au milieu d'un vaste trafic, mais avec qui ? Tu vas te charger, cette nuit avec Duruisseau, de surveiller le chais discrètement, de ne pas intervenir si on brise les scellés, de suivre et repérer les complices de cette affaire. Faites-vous relayer par les gendarmes en civil s'il le faut, prenez Marchand, cela le changera plutôt que de faire la cour à ma cousine. Demain, je fais une visite des caves de la Mothe, et si cela se passe aussi vite que je le prévois, je fais un saut à Saintes prévenir le procureur que des perquisitions vont avoir lieu.

— Je prends le premier quart, je dors un peu et je vous accompagne chez les teutons.

— Entendu, tu passes le mot à Duruisseau.

De retour à l'auberge, le reste de l'après-midi se passa à consigner les explications du sieur Rouffet, qui reconnut les infractions, mais ne donna aucune explication. Longuement et avec patience, Fischer interrogea le contrevenant qui resta dans un mutisme presque parfait. Un moment excédé, il cita le nom de Filloux, mais se reprit immédiatement. Après avoir signé un bon de caisse pour la caution préalable à l'amende fiscale définitive et donné sa maison en garantie, il quitta les lieux et promit de rester à disposition.

En possession de ce frêle indice, Eusèbe changea le programme.

Dans l'ordre, après la nuit de surveillance, visite chez Filloux à Corme-Écluse de bonne heure, retour à Meursac avec ou sans le viticulteur, perquisition dans la foulée chez Rouffet. Le procureur sera prévenu par le télégraphe.

Lors du repas du soir, Marchand fit le compte-rendu de sa journée. Les disparitions de poudre s'amplifiaient et il avait en poche deux démissions de responsables de casemates. Par contre, l'accueil chez l'ambassadeur de toutes les Russies avait été chaleureux et rendez-vous était pris pour le surlendemain pour la remise officielle des documents concernant l'emprunt.

— Mais, dites-moi Fischer, le type dont Eusèbe vous a demandé d'identifier l'accent l'autre soir, pourriez-vous me le décrire ?

La chose faite, Marchand murmura :

— C'est bizarre, c'est la description de l'homme que j'ai vu rôder entre Mescher et la résidence de l'ambassadeur !

— Raison de plus pour être prudent, commandant, mais je crois que je commence à entrevoir un début de vérité, tout au moins en ce qui concerne l'eau-de-vie de Cognac. Demain va être décisif et après-demain, après-demain… Eusèbe laissa sa phrase en suspens.

— Vous ne sortez pas ce soir ?

— Non, mais il faut que nous discutions tous les deux ce soir. Je peux vous enlever à notre charmante hôtesse ?

— Je vais essayer de m'en passer, rien que pour vous, mon cher ! Au fait, à tout hasard, j'ai demandé à Chassepot d'être là de bonne heure demain matin.

Ils entamèrent une longue discussion et, malgré tout, cette fois là, ils furent deux à faire une sortie nocturne. En raison des tours de garde, la nuit de sommeil fut courte.

TYPES CHARENTAIS
Atelier de Greffage de la Vigne

12

APRÈS CORME-ÉCLUSE, LES ÉPEAUX

Eusèbe, Chassepot et Marchand arrivèrent de bonne heure chez Filloux. Celui-ci ne se leva même pas de la table de ferme où il buvait un bol de café mélangé avec de la chicorée. Son épouse, éteinte, sans grâce ni beauté, courbée et éternellement résignée comme bon nombre des femmes de cette campagne qui use les mains et lamine les cerveaux à force de peines, se tenait debout au coin de la cuisinière, prête à servir son mari.

Chassepot était resté sur le devant de la porte la main ostensiblement posée sur l'étui de son revolver d'ordonnance pour assurer la bonne compréhension du maintien de l'ordre public, disait-il en souriant.

— Vous êtes tombés du lit, ma parole !

— Eh oui, rien que pour vous, M. Filloux ; M. Rouffet nous a parlé de vous et comme nous aimons confronter les opinions, nous sommes là, sachant que le métier de paysan oblige à se lever tôt.

— Toujours le mot pour rire, Guillard, chevalier de l'Ombrail.

— Aujourd'hui, et pour vous, Guillard inspecteur principal des Contributions indirectes.

— Je suppose que vous voulez voir le chais, alors suivez-moi.

Nos compagnons virent alors un homme fatigué, comme résigné, se lever avec difficulté et les précéder jusqu'au stock d'alcool. Jamais Eusèbe ne l'avait vu comme ça. Il n'y a que quand sa femme voulut l'aider qu'il l'envoya promener, au propre comme au figuré, au jardin et à ses volailles à soigner.

Autant l'habitation était dans un état de saleté et d'insalubrité avancée, autant la réserve était un bijou de soin et de rangement appropriés.

— Contrairement à ce que vous croyez, Guillard, j'aime la vigne et il n'y a que là où je me sens bien, chez moi. C'est pourquoi quand des rats-de-cave viennent nous envahir, c'est comme un viol de notre chair, une intrusion dans notre vie.

Jamais il n'en avait tant dit, et c'est fièrement qu'il annonça lui-même les quantités présentes dans les fûts. L'inventaire était conforme aux comptes théoriques des registres.

— Hormis la part des anges, je dois reconnaître, Filloux, que c'est l'un des inventaires les plus clairs et les plus corrects que j'aie jamais faits.

— C'est quoi, la « part des anges » ? marmonna Marchand à l'oreille de Chassepot.

Filloux, qui avait l'oreille fine, lui répondit :

— C'est l'évaporation de l'alcool dans les fûts de chêne tolérée par l'administration. Mais qui êtes-vous donc pour l'ignorer ? Avez-vous le droit d'être ici ?

Eusèbe allait répondre quand ils entendirent le galop d'un cheval qui s'arrêta sur le seuil du chais. D'un bond, Duruisseau attira Marchand à l'écart et, visiblement agité, lui fit part de la nouvelle :

— Mon commandant, Rouffet est mort. Sa femme, inquiète de ne pas le voir, a fouillé partout et, à force de chercher, l'a retrouvé mort dans le puits, probablement suicidé. Fischer et un homme de Chassepot l'ont sorti et amené chez le médecin pour les constatations d'usage.

— Que se passe-t-il ?

— Rouffet est mort, retrouvé dans le puits par sa femme.

À ces paroles, Filloux devint livide et, s'appuyant sur l'un des tonneaux, cria :

— C'est moi qui l'ai tué.

Il s'assit sur un banc, les mains sur le visage et, pour la première fois de sa vie, sa femme, venue aux nouvelles, le vit pleurer.

— C'est lui qui m'a obligé à ce trafic de gnôle. Fallait que ça s'arrête.

L'assemblée était stupéfaite et, après un temps de flou, Chassepot s'exprima :

— Je suis obligé de procéder à l'arrestation de Filloux. Il y a aveux spontanés et nous devons traiter l'affaire dans l'ordre, judiciaire d'abord et fiscal ensuite. Je le prends en charge et l'emmène à la brigade de Cozes pour audition, examen médical et mental.

— Si vous permettez, Chassepot, je vais procéder à une perquisition et soyez sûr que si un indice concerne le judiciaire, je le consignerai et vous le confirai.

— Je manque de personnel sur cette affaire et je vous fais en entière confiance. Par contre, il me faut un cheval pour véhiculer le suspect, aussi…

— Prenez le mien, dit Marchand. Duruisseau vous accompagne et me ramènera ma monture. Je pense que la visite va être longue, donc repassez par ici.

— Merci, ainsi je pourrai envoyer un de mes plantons relayer le gendarme sur place.

Lorsque Chassepot entrava Filloux, il demanda à parler à sa femme. S'approchant d'elle, il leva les mains menottées jusqu'au visage de son épouse. Elle eut un mouvement de recul, mais, contrairement à toute attente, il lui caressa la joue et essuya une larme naissante.

— Voulez-vous désigner votre femme pour vous représenter lors de notre perquisition, Filloux ?

— J'ai le choix ?

— En cas de refus de votre part, je la désigne comme témoin, sinon elle aura accès aux pièces de procédure.

— Je n'ai plus rien à perdre, alors d'accord, mais dans tous les cas elle n'est au courant de rien, je le jure.

Cela prédisposait à des découvertes.

La première des choses qu'entreprit Eusèbe fut la prise d'échantillons. La valise de travail du rat-de-cave en était toujours pourvue et, avant de sceller les petits bocaux, il prit un appareil ressemblant à un thermomètre qu'il plongea à chaque prélèvement dans la grosse éprouvette qui servait à récupérer l'alcool à la bonde du fût. Tout était étalonné, gradué, et le rat-de-cave expliqua à Marchand que l'on pouvait déterminer le degré de l'eau-de-vie à un pour cent près.

Tous les prélèvements titraient largement en dessous des normes légales, ce qui signifiait que le cognac avait subi une addition d'eau. La conclusion était évidente : il y avait des manquants, environ trois barriques !

S'adressant à la femme de Filloux, Eusèbe lui demanda si elle connaissait un entrepôt caché, une cave ou un chais dont son mari aurait « oublié » de signaler l'existence à l'administration.

— Tout ce que je peux vous dire, c'est que, depuis six mois, mon mari est cul et chemise avec Rouffet, enfin « était » puisque cette saloperie est défunte.

On approchait de midi et la femme proposa aux enquêteurs de partager son repas, invitation que les deux hommes, compte tenu de l'état des lieux, déclinèrent poliment mais fermement. Duruisseau, de retour, fut fort bien venu et, en laissant le procès-verbal de prise d'échantillons à la femme, Eusèbe vit sur la table un exemplaire de *la Gazette des bains de mer* ouvert à la page d'un fait divers survenu à la foire aux bestiaux de Pisany.

— Un homme aurait par dépit ou vengeance libéré les bœufs attachés sous la halle. Excités à la voix, ils auraient piétiné la foule et blessé deux personnes présentes.

Le mot « vengeance » était souligné au

crayon de papier. Eusèbe ramassa le journal et le mit dans sa sacoche.

— Que fait-on, Guillard ? demanda Marchand.

— Les événements se précipitent. Demain, l'ambassadeur ; cet après-midi, il faut choisir la Mothe, ou la perquisition Rouffet.

— Je vous assure le bouclage de tout ce qui concerne l'affaire Rouffet, mes renforts sont arrivés ou au pire vont arriver ce soir, Meursac est bouclé.

— Vous avez raison, allons là où nous sommes attendus, direction « la Mothe ».

C'est ainsi que l'équipe, renforcée au passage par Fischer, se présenta dans les chais du domaine et, effectivement, ils avaient l'air d'être attendus.

Juste après l'entrée cochère du château, ils virent sous un hangar une dizaine de femmes et d'hommes assis derrière des tréteaux en train de s'agiter sur des végétaux de bon calibre.

Marchand, échaudé par la remarque de Filloux sur sa méconnaissance des usages viticoles, leva juste un sourcil quand Eusèbe croisa son regard.

— Fischer, mon ami, voilà un atelier de greffe si je ne me trompe… Vérifie si les autorisations sont valables et les plans certifiés.

— Tous les documents sont à votre disposition, M. Guillard.

L'homme était sorti d'on ne sait où et abhorrait un large sourire : le régisseur !

— Notre exploitation vous est ouverte tant par plaisir que par obligation. Voulez vous procéder à l'inventaire immédiatement ?

— Le plus tôt sera le mieux effectivement. Nous déplorons plusieurs contretemps et, au vu de votre registre de greffage, on constate une rigueur presque militaire. L'inventaire devrait être rapide et facile, répondit Eusèbe.

En aparté, Eusèbe expliqua au commandant que le remède pour combattre le phylloxéra consistait en fait à greffer les cépages français sur des pieds mères d'origine américaine, le résultat étant ainsi plus résistant aux maladies de la vigne.

— Au fait, Monsieur le Régisseur, je ne crois pas avoir entendu votre nom…

— Parce que je ne vous l'ai pas donné, mais laissez moi me présenter : Jan Peterson, citoyen hollandais avec titre de séjour en règle, comme je vous le montre. Je viens de ce pays qui a inventé la manière de distiller ce merveilleux brandy, enfin « cognac. » Excusez-moi pour le terme « brandy » mais nous livrons l'Angleterre et, comme vous le savez, ils ont leur vocabulaire que nous adoptons pour des raisons commerciales.

Eusèbe semblait pressé mais Fischer voulut donner un semblant de vraisemblance à la visite des lieux et acheva par la vérification des scellés sur les alambics du domaine, la campagne de distillation n'étant pas encore commencée.

À 17 heures environ, le contrôle se termina par un constat de bonne tenue des registres et la promesse d'une visite de courtoisie pour une dégustation hors protocole.

À peine sur le chemin du retour, Eusèbe donna l'ordre d'atteler la calèche, de prendre à son domicile la veuve Rouffet, munie des clés du chais des Épeaux et rendez-vous là-bas une demi heure plus tard.

Fischer ne fit aucun commentaire.

27. Laboureurs Rétais

13

LES DESSOUS DE L'AFFAIRE

Eusèbe était survolté et le fut davantage encore quand on lui remit à l'auberge un pli du procureur annonçant sa venue le soir même pour entendre en personne le sieur Filloux. Il faillit exploser contre les fonctionnaires zélés lorsque, dans son dos, il entendit une voix grave qui lui rappela :

— Alors, on ne dit plus bonjour à ses vieilles connaissances, M. Guillard ?

— Francis Garançin ! Mon Dieu j'avais oublié que tu es le substitut du procureur de Saintes. On m'avait annoncé le patron.

— Je n'ai pas résisté au plaisir de venir te voir et te soutenir dans vos efforts car, en ce moment, toute la bonne société charentaise voudrait vous voir au diable Vauvert. Même mon patron commence à être inquiet de votre présence et c'est sans peine que je l'ai convaincu de venir à sa place. Bien entendu, je lui rendrai compte… en temps utile. Je commence les premiers interrogatoires de Filloux avec Chassepot et, après m'être installé dans l'auberge, j'espère que nous pourrons dîner ensemble pour faire le point.

— J'avoue que l'emploi du temps est bien chargé et je voudrais faire la visite du chais de Rouffet pendant les heures légales pour m'éviter un ordre de perquisition qui me ralentirait, mais c'est un plaisir que de t'avoir à notre table ce soir.

Laissant le magistrat à sa tâche, il alla rejoindre le reste de l'équipe.

Marchand leva le menton vers le nouveau venu et Eusèbe lui fit signe qu'il n'y avait pas d'inquiétude à avoir. Quant à Fischer, il fréquentait son chef depuis trop longtemps pour s'émouvoir.

Madame veuve Rouffet attendait, effrayée, sur le pas de porte du chais et tendit les clés comme une patate chaude, contente de s'en défaire. Les scellés étaient rompus et trois fûts manquaient par rapport à l'inventaire précédent.

La visite fut rapide là où ils étaient passés mais dura car ils eurent des difficultés à trouver l'accès secret du sous-sol. La descente était cachée derrière une armoire porte bouteilles qui pivotait sous une pression particulière de son encadrement. C'est par hasard qu'ils trouvèrent grâce à la grande taille de Marchand qui s'était appuyé sur le haut du meuble. Ils dévalèrent les escaliers et là… rien, enfin… plus rien ! On voyait au sol la trace ronde des fûts qui avaient dû être entreposés. Ils recensèrent une douzaine de marques certaines mais d'autres avaient pu précéder ce qui était visible.

Bizarrement, Eusèbe ne semblait ni content ni mécontent. Il comptait sur ses doigts en silence et notait sur son calepin des notes avec un crayon de menuisier à mine grasse. Ils raccompagnèrent la veuve à son domicile qui s'inquiéta de la possibilité de récupérer les alcools, la vente permettant de payer les amendes à venir et d'assurer ses vieux jours. Eusèbe resta évasif, laissant croire à une issue favorable en peu de temps. Il ne desserra pas les dents avant le repas du soir. Les autres équipiers, pressés de se rafraîchir et de faire une toilette, n'essayèrent même pas de rompre son mutisme.

Chacun prit son temps, et c'est à neuf heures du soir que la troupe se trouva réunie. À la surprise générale, Chassepot se présenta en grande tenue de cérémonie. Il expliqua que les horaires serrés l'avaient conduit à se préparer à l'avance pour la visite à la résidence de vacances de l'ambassadeur de toutes les Russies. Il avait même prévu de dormir à l'auberge pour ne pas perdre de temps.

— J'ai eu peur que vous soyez impressionné par la présence du magistrat saintais.

— M. Guillard, je connais le substitut et je sais qu'il est proche des gens de terrain, mais, de fait, si cela avait été le procureur en personne, peut-être ?

Le substitut ne dit mot et c'est à ce moment que Madeleine entra avec les entrées. Ils se trouvaient dans un cabinet particulier à l'abri des regards et des oreilles indiscrètes.

Le substitut fit le résumé des auditions de Filloux qui s'en tenait à ses précédents propos, rien de plus, ce qui rendait ses aveux plus que suspects et sujets à caution. Chassepot approuva et dit n'avoir jamais vu un tel comportement.

— Je crois que j'ai une explication à la chose mais on en parlera plus tard. La priorité est de comprendre le cheminement de la marchandise, ses bénéficiaires et à qui profitent le trafic et le crime, dit Eusèbe avec un sourire, voyant les interrogations muettes de ses interlocuteurs.

— Il nous faut reprendre les faits. De un : deux paysans en route nuitamment pour la foire de Saintes constatent la présence de trois fûts sur une charrette du transporteur Lestioux devant le chais à Rouffet. Ils en parlent par hasard à Filloux qui fait semblant de ne pas porter le moindre intérêt à la chose, mais il rapporte l'événement à Rouffet, qui pense subitement, alors qu'il doit faire ses comptes régulièrement, radin comme il était, qu'il a été volé. Le procès en appel qui suit un premier jugement met hors de cause Lestioux, décédé depuis. Dans ces conditions, son fils, qui dit ne pas avoir été présent cette nuit-là, ne peut nous être d'aucun secours. Mais la question qui se pose est la suivante : nos témoins ont-ils vu un enlèvement ou une livraison ? Coutumiers des petits trafics locaux, ils sont plus habitués à des envois clandestins qu'à des entrées dans des chais recensés. Mais nos témoins nocturnes ne sont pas restés suffisamment longtemps pour se déterminer sur le sujet.

— Foi de gendarme, sous cet angle, cela nous ouvre d'autres perspectives, mais pourquoi porter plainte pour vol alors que… ?

— Parce que Rouffet, soit qu'il a dû y être contraint, soit l'opportunité de gagner de l'argent facile, soit toute autre raison. Avec cet individu, allez savoir…

— Pour de l'argent, oui, mais contraint pour quelle raison ?

— Je ne suis sûr de rien, Marchand, j'entrevois une possibilité mais je préfère attendre mon entrevue avec Filloux pour cela. Dans un premier temps, nous devons résoudre le problème que nous pose la circulation des eaux-de-vie.

— Vous avez parlé d'un « premièrement. » Y a-t-il un *secundo* aussi alléchant ?

— Francis, il y a effectivement un *secundo*. Nous savons que Filloux est un anti-tout, un magouilleur, un trafiquant. Hors, dans un premier temps, nous constatons des comptes d'entrepôt bien tenus, ce n'est qu'après ses prétendus aveux que nous contrôlons la qualité de la marchandise. Nous constatons que le degré que devraient titrer les fûts est anormalement bas, en fait comme si le cognac était fini, prêt à la vente. Ce qui veut dire que Filloux a collé ou mouillé ses eaux-de-vie, les a vieillies artificiellement. D'après nos calculs, l'alcool manquant représente… trois barriques : nos trois barriques non pas sortantes mais entrantes chez Rouffet. Nous retrouvons nos petits mais pourquoi diable ce dernier porte-t-il plainte pour vol ? En fait, il y est poussé par quelqu'un que je commence à entrevoir mais j'attends de plus amples informations pour me prononcer définitivement.

— Troisièmement, demanda Fischer ?

— *Tertio*, pourquoi Filloux s'accuse-t-il d'un crime qu'il n'a manifestement pas commis ? La seule raison valable, c'est qu'il est au courant de toute la magouille et qu'il ne veut pas finir comme Rouffet *ad patres*. Une partie de la combine, à mon avis, nous ramène à la Mothe et à son curieux régisseur. Il nous affirme venir de Hollande et faire du négoce avec la fière Albion. Mais il s'est trahi car si les Anglais utilisent le mot « brandy » c'est pour une copie du cognac qu'ils respectent trop pour le mélanger avec notre alcool. Mais, en Allemagne, « brandy » et « cognac » désignent le même produit. En conclusion, le régisseur est allemand et, au mieux ,a monté un juteux trafic d'eaux-de-vie, frelatées par ailleurs, à destination de nos ennemis à qui nous ne vendons rien de nos produits, officiellement. Donc, nous avons un circuit complet de fraude, de contrefaçon, de transports clandestins. En un mot : la contrebande, un délit, n'est-ce-pas Monsieur le Substitut ?

— Certes, Eusèbe, mais tu as dit « au mieux, » et au pire ?

— Au pire, le commandant Marchand a eu raison de demander des renforts et il n'est pas loin de boucler son affaire à lui.

N'oubliez pas que nous avons la certitude du passage dans le sous-sol de Rouffet de douze fûts dont nous ne connaissons ni l'origine ni la nature du produit. C'est là où je crains le pire. Mais la nuit va être courte une fois de plus. Rien n'est encore sûr. Aussi, soyons prudents sur nos conclusions.

Il ne dit plus un mot sur l'affaire le restant de la soirée malgré les questions et réflexions qui fusaient de toutes parts.

Discrètement, plus tard, Eusèbe, Marchand, Duruisseau, Chassepot et Fischer tinrent une réunion des plus discrètes chez Rémy.

À l'issue de la réunion, Eusèbe fit un compte-rendu à son ami le substitut qui eut du mal à trouver le sommeil. Filloux, amené à Meursac pour son interrogatoire par le magistrat, avait été consigné dans un réduit sans fenêtre gardé par un des gendarmes de Chassepot. Le chef des rats-de-cave passa deux heures avec le viticulteur et rendit compte à Marchand.

Les deux hommes étaient pâles, il y avait urgence et toujours cette obligation de visite à l'ambassadeur, mais aucun moyen d'y couper.

MEURSAC — Rue de l'Hôtel-de-Ville
MEURSAC
25 -7
REPUBLIQUE FRANCAISE

14

LE CHARME RUSSE

Au petit jour, Chassepot, uniforme sanglé comme à la parade, attendait Eusèbe à la porte des écuries. Marchand et Duruisseau s'y trouvaient également, équipés comme pour une expédition.

— Nous venons avec vous ! L'ouvrier de la Mothe vu près de la résidence de l'ambassadeur de Russie par le chef Chassepot m'inquiète. Nous allons patrouiller tout autour. Nous nous retrouverons sur le chemin du retour.

Ils sortirent de Meursac, traversèrent Corme-Écluse, et prirent la route de Bordeaux à Royan. Peu de mots furent échangés lors du trajet, chacun dans ses préoccupations.

Arrivés près de la résidence d'été de l'ambassadeur de Russie, ils se séparèrent.

La demeure se dressait sur un mamelon surplombant la falaise qui, elle, même dominait –et domine encore– la plage des Nonnes. En bas, on pouvait distinguer des plates, barques dont l'architecture venait du savoir viking, disait-on. Les estuaires brassés par les marées, riches en poissons de toutes sortes, suffisaient au quotidien des riverains. Un peu de culture sur les hauts, un peu de vigne, des volailles et des cochons donnaient la protéine nécessaire à la vie.

Une grande allée bordée d'ifs menait jusqu'à la bâtisse, conforme à l'idée de l'époque et au goût des chevaliers d'industrie. Petite gentilhommière au toit à quatre pans en ardoises, ornementé de fenêtres à la française, son entrée était desservie par un perron à double escalier. À l'entrée se tenait un soldat, probablement un cosaque en tenue d'apparat. À leur approche, il rectifia sa tenue et fit un signe à l'intérieur. Un majordome vint à la rencontre des visiteurs. Eusèbe se présenta et l'homme eut la prétention de désarmer le chef Chassepot de son arme de service, question de sécurité. Le gendarme s'y opposa. On s'acheminait vers un incident diplomatique quand le militaire russe exprima l'idée que le représentant de la maréchaussée et lui étaient là pour la sécurité et que, sur le pas de la porte, chacun pouvait surveiller l'autre pendant la rencontre entre l'émissaire français et l'ambassadeur. L'honneur était sauf pour tout le monde et notamment les deux soldats contents d'échapper au protocole mondain des affaires étrangères. Les deux hommes se toisèrent en connaisseurs et tandis qu'un léger sourire vint apaiser leur mine sévère.

Guidé par le serviteur zélé, Eusèbe regardait tout autour de lui la magnificence des lieux. Résidence de villégiature, peut-être, mais il n'y avait pas de signe de précarité ni de simplicité. L'homme frappa à une double porte avant de faire entrer Eusèbe. Puis, il s'effaça, refermant l'entrée du bureau de Son Excellence l'ambassadeur de toutes les Russies.

C'était bien lui, cet homme qu'il avait sauvé un soir à Paris et raccompagné jusqu'à l'ambassade.

— Bienvenue sur un bout de mon pays, Monsieur Guillard, ou devrais-je dire, « Monsieur le Chevalier de l'Ombrail.»

— Guillard est mon nom et « chevalier » est pour moi plus honorifique que pratique. Un de mes aïeux a été adopté par le vrai chevalier, si l'honneur y est, le sang fait défaut. Mais je ne renie point ce titre.

— Par l'exigence de votre présence, Chevalier, je tenais à profiter des accords entre nos deux pays pour vous distinguer auprès de votre hiérarchie et surtout vous remercier de nouveau de m'avoir sauvé la vie.

— J'en aurais fait autant pour toute personne en détresse, et c'est le hasard qui a fait notre rencontre. Néanmoins, je suis fort aise que mon geste ait pu servir le destin de nos deux grandes nations.

L'ambassadeur allait répondre quand la porte s'ouvrit et la plus charmante des apparitions féminines s'intercala dans le chambranle de la porte.

Pour Eusèbe, le temps s'arrêta. C'était cette personne qui se tenait dans la même posture à l'entrée de l'ambassade lorsqu'il avait ramené le rescapé à son domicile. Il avait cru à un rêve, doutant de ses sens. Baste ! à ce moment que lui importait ? Et là, subitement, cette beauté blonde revenait cette fois-ci bien réelle, bien vivante.

— Ah, Chevalier, je vous présente, malgré son intrusion tapageuse, ma filleule, Tania. Que veux-tu, mon petit ?

— Je veux remercier de près celui qui vous a sauvé la vie, dit-elle.

Franchissant le seuil de la porte elle s'élança, juvénile, au cou d'Eusèbe, déposa un frais baiser sur la joue et s'éclipsa en riant.

— Impertinente mais tellement attachante qu'elle est la joie de cette maison, son lutin bénéfique et je vois qu'elle ne vous est pas indifférente, Chevalier.

— Il me faut vous confesser que votre filleule a tous les atouts pour mettre tout le monde à ses pieds.

— Mon cher, je vous en conjure, croyez-en mon expérience, ne cédez pas si facilement. Mais revenons à nos affaires, plutôt à l'entente franco-russe. Je vous remets solennellement un exemplaire des accords passés paraphé et signé de la main de Nicolas II, notre tsar bien aimé. Savez-vous, mon ami, que « tsar » vient de « César ? » Oui, je vois que vous êtes au fait de nos coutumes.

Eusèbe assura à l'ambassadeur que le contrat impérial serait remis en main propre au ministre des Finances.

Le majordome fit une entrée discrète et, invité à s'exprimer, il annonça la présence d'un pêcheur à l'entrée de service.

— Vous semblez surpris de mon intérêt pour un simple pêcheur, eh bien, venez voir la prise.

Ils sortirent de la pièce, traversèrent un vestibule menant aux communs et virent un homme avec une sorte de charrette à bras recouverte d'une toile huilée. L'homme souleva la bâche et présenta sa prise, un esturgeon de belle taille. Il montra le ventre rebondi et comme amolli. Sans un mot, l'ambassadeur sortit une pièce d'argent qu'il donna au pêcheur.

Devant l'étonnement d'Eusèbe, il lui expliqua le pourquoi de la chose.

— Lorsque mon père fit construire cette demeure, pendant les travaux, il descendit sur le port et s'aperçut, à sa grande stupeur, que les pêcheurs donnaient les œufs de poissons à leurs poules ou cochons. Du caviar à des gorets. Il eut du mal à les convaincre de lui vendre les esturgeons pleins de ce mets si apprécié en Russie. Il leur a fait construire une unité de conditionnement. Cela leur procure un complément de revenus non négligeable bien que le caviar de Gironde soit de qualité moyenne.

La prise confiée au cuisinier, ils retournèrent à l'intérieur. La discussion devint mondaine et une demi-heure plus tard, l'ambassadeur prit congé car il devait se rendre à Royan pour une inauguration officielle d'une nouvelle salle de casino.

— Je vous laisse aux bons soins de ma filleule, vous ne perdez pas au change. Tania, mon petit, sors de derrière la porte où tu nous espionnes et viens prendre en charge notre hôte.

La tête blonde fit irruption et, faussement ingénue, demanda :

— Vous m'avez demandé, parrain ?

Eusèbe sous le charme, ne soufflait mot. Elle lui prit le bras et l'entraîna pour une collation en cuisine suivie d'une visite du domaine. Notre super-enquêteur ne respirait, ne vivait plus qu'au rythme des faits et gestes de Tania. Sortant des communs, elle le fit entrer dans un appartement, *son* appartement. Aucun mot, elle entraîna Eusèbe dans le lit, alla à la fenêtre et s'agita sur les rideaux pour les fermer. L'homme ne respirait plus. Quand ils se dénudèrent, une folle passion se déchaîna. À la fin de leur étreinte, il connut une sourde béatitude, une léthargie que certains appellent « la petite mort. »

En émergeant de ce sommeil semi-conscient, il constata l'absence de Tania. Il écrivit à la hâte sur un livre d'heure, un mot d'amour enflammé.

Par la fenêtre, il l'aperçut dans les jardins de la propriété parlant avec un homme qui, curieusement, ressemblait au régisseur du domaine de la Mothe. Il rejoignit Chassepot qui le regarda de biais avec un air à la fois goguenard, de reproche, d'envie et d'admiration. Toutefois, dans l'oeil du gendarme, il y vit aussi du danger.

— Mon collègue cosaque, Igor, m'a parlé d'un fait insignifiant mais que je soumets à votre sagacité de rat-de-cave. La maison de l'ambassadeur commande assez souvent du cognac en fûts au domaine de la Mothe (Eusèbe imagina que l'homme dans le jardin était là suite à une livraison), mais, il y a peu, ils ont apporté trois fûts de forte contenance, prétextant un client absent sur la côte qui avait demandé de les laisser en garde dans les caves et, dans l'hypothèse où le stockage durerait ,ce serait une avance sur consommation. Un congé de transport de la marchandise a été remis en cas de contrôle.

Toujours les fûts et par trois, curieuse coïncidence.

— On peut les voir, soldat ?

— « Major » et non « soldat, » Monsieur Guillard, mais qu'importe ! Je pourrais vous dire que cette cave est territoire russe et non soumise à votre juridiction mais, à écouter le chef Chassepot, je préfère être prudent et avoir l'avis d'un spécialiste.

Le trio se rendit à la cave où figuraient les trois barriques. À l'aide d'un rat-de-cave présent sur place, Eusèbe examina les espaces entre les récipients et, lors de l'une des investigations, au passage de la flamme éclairant les lieux, un embrasement éphémère se produisit. La bougie immédiatement retirée et éteinte, les hommes se regardèrent. À la seule lueur du soupirail, ils firent le tour des fûts. Sous une bâche, ils découvrirent un dispositif de mise à feu. La bonde, une fois ouverte, dévoila le contenu : de la poudre.

Après avoir pris soin de tout désamorcer, le cosaque fit fermer la cave à clé, mit un garde devant et s'en fut alerter l'ambassadeur.

Eusèbe et Balthazar reprirent leurs montures pour rejoindre les hommes du contre-espionnage. Ils firent jonction et, au moment où Eusèbe finissait son rapport, il sentit sur sa joue comme un éclair. Portant sa main à l'endroit de la douleur, il la retira, pleine de sang.

Marchand sauta aussitôt près du blessé qu'il allongea à terre. Chassepot et Duruisseau, comme à la parade du Cadre Noir de Saumur, firent se coucher leurs chevaux derrière lesquels ils s'abritèrent.

1744. Charente-Infre. - Meursac. - Vue générale
RÉPUBLIQUE FRANÇAISE
5
POSTES

15

LA RÉUNION SECRÈTE

Chez Rémi, l'ambiance était tendue. Tous avaient attendu le coucher de ses enfants, intrigués par cette réunion avec des inconnus, et il avait fallu l'autorité de la mère, montrant l'exemple pour évacuer la salle à vivre vers les chambres et libérer les lieux.

— Alors, les souterrains ? questionna Eusèbe.

— Ils sont toujours dans l'état où je te les ai décrits mais, au risque de me démasquer, si je vous ai demandé de venir ce soir, c'est par rapport à la découverte que j'ai faite. Regardez !

Rémi exhibait une cruche remplie de poudre noire. Sans mot dire, il prit en une pincée qu'il jeta dans le feu mourant de la cheminée, faisant jaillir une gerbe de flammes.

— Les fûts dans les galeries sont, pour la plupart, remplis de cette mixture et je pense que mon ami Eusèbe a vu juste : les stocks manquants des poudrières sont là. Prêts à l'emploi, et fort de son impunité le personnel ne se gêne pas pour parler allemand.

— Combien ? demanda Marchand.

— Une quarantaine, mais je suis sûr que des barriques sont déjà parties, vu les traces de cerclage sur le sol. Trois, au minimum.

— Je vais vous demander un dernier exploit, Rémi. Vous sentez-vous, avec l'aide de Duruisseau, de retourner dans les souterrains et d'y poser des mises à feu que nous pourrions commander depuis l'accès du puits ? Un dispositif préventif au cas où notre colonie teutonne se voudrait devenir des forcenés. J'aime tant l'histoire que sacrifier ces lieux antiques me désolerait.

— Je ne voudrais pas être désagréable avec votre adjoint, mais les passages que j'utilise sont de vraies chatières et sa taille athlétique l'empêcherait de passer, mais M. Fischer a davantage le gabarit exigé.

Ce dernier eut une mimique fataliste et se rapprocha immédiatement de Duruisseau pour un cours express de sabotage.

— Ce soir ?

— J'aurais dû le faire faire dès la connaissance de ce stock suspect. Vous n'êtes pas obligé d'y aller, Fischer. Je peux vous remplacer.

— Pas question ! Les droits indirects gèrent les poudres, que je sache. Allez, Duruisseau, montrez-moi le maniement de vos machines infernales. De toute façon, demain, vous vous devez, avec mon patron, de faire la visite à l'ambassadeur, alors dormez pour représenter dignement la France.

Eusèbe se souvint que Filloux était toujours aux arrêts et se résolut à lui faire dire la vérité. Trafiquant sans doute, assassin certainement pas. Le substitut du procureur fit grise mine à l'énoncé du problème et avoua que, dès le lendemain matin, il lui serait difficile de rester calme avec son chef s'il ne prenait pas les bonnes décisions, plan d'alerte, réquisition des forces de l'ordre. Visiblement débordé par les événements, le magistrat ne savait plus. Eusèbe eut du mal à le calmer et, à le rassurer en lui affirmant que le deuxième bureau avait tout prévu et que moins de monde aurait connaissance de l'affaire… Qu'il n'y aurait plus d'affaire à relater.

Filloux était prostré dans son cagibi, levant à peine les yeux sur Eusèbe. Plus de regard haineux, rien qu'une grande frayeur dans son regard. Il était assis sur un billot de bois et par, moments, les coudes sur les genoux, il se frottait le visage comme on se lave la figure, tels les chats font leur toilette.

— Tu te laves de tes fautes, et de la dernière, la mort de Rouffet ?

— Si tu veux, l'Ombrail !

— Et depuis la dernière fois que l'on s'est vu tu as appris l'allemand ?

Le temps d'un instant, le regard se fit plus vif et l'homme replongea dans sa prostration.

— C'est le chef de culture de la Mothe qui a tué Rouffet. À cause de toi, sans doute, mais sans toi. Tu as cru t'enrichir en vendant du cognac frelaté aux Boches, mais ils t'ont bien eu. Un fût plein de brandy de contrebande et tu replaçais un autre rempli… de poudre noire.

Pour la première fois de sa vie, Filloux pleurait, et c'est sanglotant qu'il fit sa confession.

— Je ne t'aime pas, Eusèbe, car je pense que tu as pris mon titre mais, tu es du pays et tu sais que la fraude au cognac est un sport local. Alors, quand cet Ian Peterson m'a proposé sa combine, échanger de la fine contre de la bonne eau-de-vie de Cognac… la bonne marchandise vers l'Allemagne, la mauvaise coupée avec le stock à Rouffet… Après tout, on n'est plus en guerre, et les clients de Rouffet, ils ne font pas la différence. Ça devait nous rapporter un maximum sans peine. Lestioux assurait le transport et les échanges, et tout allait bien.

— Je vais te garder à l'abri un jour ou deux, le temps que cette affaire se termine, puis on verra ce qu'on fait de toi. Je ne suis pas comme toi : je ne hais personne et je te plains, sincèrement.

MESCHERS-les-BAINS — Marie Guichard dans ses Grotte
se préparant à la pêche de la Crevette

16

CET AIR EST VRAIMENT MALSAIN

À moitié assommé par la chute, Eusèbe vit Duruisseau extraire des fontes de sa monture des pièces qui, assemblées, s'avérèrent une carabine de précision à laquelle il ajusta une lunette de visée.

— C'est ce fameux Karl qui nous tire dessus après avoir été rejoint par la belle blonde.

— Tirer dessus, la belle blonde, Tania ? Eusèbe ne savait plus ?

— Je n'ai pas entendu de déflagration, et pourquoi Tania l'aurait-elle rejoint.

— Tania, puisque tel est son nom, on verra plus tard ! Mais Karl est le problème le plus urgent. Il se sert d'un fusil à vent, enfin, sans poudre : un mécanisme comprime l'air, on engage une bille en acier, on referme le tout et on tire. Le principe est connu depuis plus deux mille ans. Cette arme est souvent utilisée par les tireurs d'élite, mais si elle est presque silencieuse, il faut pour un professionnel une minute pour recharger. Aussi, à mon prochain signal, vous me suivez, mon cher rat-de-cave, et Chassepot suit Duruisseau. Notre objectif : le rocher là-bas. Les autres, le mur en pierres sèches.

Marchand se leva et, presque aussitôt, ils entendirent un sifflement, le projectile s'écrasant sur une pierre à ses pieds.

Ils se redressèrent d'un bond et coururent jusqu'à leur objectif. L'homme avait été repéré et Chassepot vida son barillet sur la cachette supposée de Karl pendant que Duruisseau avait gagné vingt mètres de plus, légèrement en surplomb du tireur.

Lorsque le canon du fusil à vent se fit voir, l'adjudant-chef se leva et tira deux fois. Un cri de douleur. Rapidement, les quatre hommes sortirent de leurs abris et rejoignirent le poste de tir de celui qui, effectivement, répondait au nom de Karl. « Répondait, » car Duruisseau avait fait mouche par deux fois.

— Et Tania dans tout cela, Marchand ?

Tout en fouillant le défunt celui-ci répondit :

— Nous l'avons vu sortir de la propriété de l'ambassadeur et, à votre attitude, je constate et confirme que cette fille mérite le regard, voire plus.

L'air gêné, Eusèbe demanda :

— Et alors ?

— Alors… elle a rejoint ce fameux Karl et a montré la fenêtre où vous vous teniez. Ils sont partis en courant vers cet endroit. Diable ! Pas un papier, un peu de monnaie, quelques-unes de ces billes d'acier mortelles, aucun signe distinctif. Duruisseau, couvrez le corps et emmenez l'arme pour un futur examen par nos artificiers.

Au comble de l'agitation, Eusèbe prit en main l'arme du tireur et l'examina, ce qui lui donnait une certaine contenance.

Un cri le ramena à la réalité :

— Regardez, derrière la haie, l'entrée d'une grotte ! s'exclama Duruisseau.

Le « service funèbre » assuré, avec prudence, l'arme à la main, sauf Eusèbe, décidément ailleurs, ils entrèrent dans la grotte. Immédiatement, ils sentirent l'air marin. Un boyau semi-naturel semi-taillé par la main de l'homme descendait mollement et les fit parvenir dans une salle de trente mètres carrés environ. Des niches étaient taillées dans la roche et certaines avaient dû servir de lits, d'autres de tables. Deux ouvertures donnaient sur l'estuaire : une porte et une fenêtre. La porte desservait une terrasse dont la rambarde était la roche elle-même, le tout à l'abri d'une grande plaque de calcaire. Ils étaient dans un de ces habitats troglodytes connus sous le nom de « grottes de Régulus »ou de « Matata. » Depuis des temps immémoriaux, ils avaient été –et étaient encore– occupés, depuis l'homme préhistorique jusqu'à nos contemporains, sous forme de glacière, de logis de secours pour les paysans pêcheurs, de repaire pour les naufrageurs, d'abris lors des dragonnades.

À gauche de la fenêtre, sur un rebord naturel, trônait une étrange machine, que Marchand identifia pourtant rapidement.

— Messieurs, voici la dernière découverte de l'Italien Marconi, le télégraphe sans fil. Dire que nous n'en avons même pas un au deuxième bureau ! Voyons voir, un câble de cuivre torsadé lui est relié à l'arrière et ce fil devrait être l'antenne qui atterrit sur la terrasse et monte le long de la falaise… Voilà !

L'engin était fait de rouleaux ou tambours, de résistances, d'ampoules, d'un casque et d'un manipulateur morse. Il était alimenté par des piles ou batteries.

Eusèbe, revenu à lui, demanda :

— Pourquoi cet engin ici ?

— Regardez ce télescope de forte puissance dans l'embrasure de ce que l'on peut appeler une « fenêtre. » Il y a fort à parier que nous sommes face à un poste d'observation de l'ennemi qui note tous les déplacements de notre marine sortants ou entrants jusqu'au bassin militaire de Bacalan de Bordeaux. Je parie qu'un autre nid de vipères se trouve sur l'autre rive pour déterminer le cap de nos navires.

Derrière un rideau que nos enquêteurs pensaient être une couchette, un bruit se fit entendre. Écartant le voilage, ils virent la belle Tania s'enfuir dans un boyau.

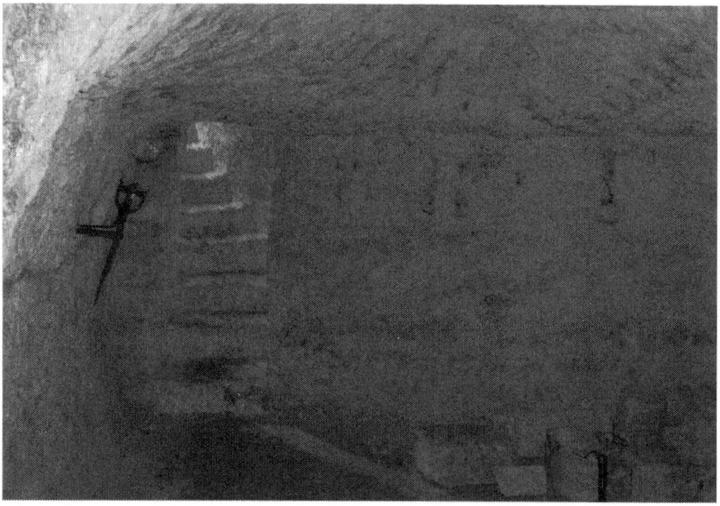

17

IL N'Y A PAS QUE LES CŒURS QUI TREMBLENT

— Il faut l'arrêter, s'écria Marchand, sinon elle va prévenir le régisseur de la Mothe.

Eusèbe, étant le plus proche, s'élança à sa poursuite le premier. Arrivé à la sortie du tunnel, il l'aperçut tentant de gravir la falaise. Il l'a héla, la supplia. En se retournant, elle lui lança verbalement tout son mépris pour la noblesse, la bourgeoisie bien-pensante, les bienfaits de l'anarchie.

— Vive Ravachol, Kasenkaia, Caserio et les autres à venir ! Je ne t'aime pas, tu m'as servi, je t'ai ralenti, le seul homme que j'aimais c'était Karl, et vous l'avez tué. Jamais vous ne m'aurez vivante !

C'est alors qu'elle glissa sur une pierre roulante et dévala jusque sous le nez d'Eusèbe qui, d'instinct, la rattrapa d'une main.

Par réflexe, ses doigts se nouèrent à ceux de son sauveteur puis, un à un, ils lâchèrent.

Bousculé par Marchand, Eusèbe sombra dans l'inconscience et ne se réveilla que plus tard, dans les communs de la résidence de l'ambassadeur, effondré par les événements. Sous la garde du cosaque et de la cuisinière qui lui fit boire un thé corsé et brûlant, il s'inquiéta de ses compagnons et de Tania.

— La traîtresse est morte, Monsieur, et vos compagnons, avec l'autorisation de mon maître et de moi-même, procèdent à la fouille de sa chambre.

Quand ils furent réunis, ils prirent le chemin de Meursac. Eusèbe, encore choqué, monta dans une calèche prêtée par l'ambassadeur. Dans une malle, les résultats de la fouille de la chambre semblaient exhaler le parfum de Tania.

À l'embranchement de la route de Saujon, Marchand piqua dans cette ville où il savait trouver un télégraphe pour donner des consignes. Malgré le décès de Tania et de Karl : il pouvait y avoir dans le secteur d'autres protagonistes, témoins de la scène, pressés d'avertir leurs complices.

Chassepot avait pris les devants pour mobiliser ses gendarmes et éviter que le petit monde de la Mothe ne s'envole. Il avait laissé Eusèbe sous la bonne garde de Duruisseau qui, au prétexte de le laisser bien respirer, l'avait délesté de son arme, ceinture et étui, le couteau de poche avait rejoint l'harnachement dans les fontes du sous-officier, à l'abri de toute fâcheuse intention. Rendus à l'auberge, Madeleine, constatant l'état de son cousin, le fit se déshabiller, passer une robe de chambre le temps de préparer un bain chaud. Fischer, alerté au passage par Chassepot, avait rejoint son chef et libéra Duruisseau qui devait rejoindre le commandant. La veuve Ruffet et Filloux avaient été mis à l'abri, l'auberge sous la protection de soldats ou de gendarmes en habits de bourgeois pour passer inaperçus. Deux hommes en tenue de guerre étaient descendus dans le bout de souterrain accessible par le puits de Rémi. Les sapeurs d'un régiment du Génie avaient installé un treuil mécanique pour une éventuelle remontée d'urgence. Tous attendaient en silence le feu vert pour agir.

Frotté énergiquement et revigoré à l'eau-de-vie locale, Eusèbe reprit ses esprits pour la deuxième fois de la journée. Fischer lui fit le résumé de ce qu'il savait. Il ne manquait plus que les deux enquêteurs du deuxième bureau.

Vers vingt heures, ils firent leur entrée dans l'auberge. Pressé de questions, Marchand exigea une collation pour Duruisseau et lui, libre aux autres de se joindre à eux. Il ne parlerait qu'après avoir repris des forces, grâce aux bons soins de l'hôtesse. Les regards échangés entre Madeleine et lui valaient tous les discours du monde.

Eusèbe se rendit compte que la faim lui était venue. Il partagea les victuailles, saucissons et autres charcutailles. Fischer prit également part aux agapes.

— Tout est prêt pour demain matin. Il semble que rien ne bouge pour l'instant au château. Nous allons essayer de les prendre au nid. Votre ami substitut sera là pour les formalités légales. L'odeur et la vue de la poudre ont emporté la conviction du procureur. Chassepot, mon ami, demain matin à six heures, vous et vos gendarmes, renforcés par des hommes de chez nous, allez prendre au nid tous ses espions et anarchistes de tout poil. Duruisseau et moi allons essayer d'appréhender ce Ian quelque chose en douceur. Si le clairon sonne, les sapeurs et Rémi allument les mèches, se replient rapidement, et tant pis pour le souterrain historique ! À la guerre comme à la guerre. Cela voudra dire que l'ennemi s'est transformé en forcené, ce qui, malheureusement, est très possible. Chassepot, pas de zèle intempestif, vous êtes plus précieux vivant que mort.

— Et nous, les rats-de-cave, on joue aux

cartes ? demanda Eusèbe.

— Je vois que, sinon remis, vous êtes en état pour demain. Votre connaissance du terrain et surtout celui du domaine s'avère primordial. Je confie la mission de donner toutes les indications utiles à chaque chef d'équipe pour localiser les endroits possibles où peuvent se trouver les hommes et leurs chefs. Réunion prévue dans une heure dans la salle de l'ingénieur. Ensuite, tant que faire se peut, repos pour être en forme.

La nuit sembla longue à tous, sauf Marchand qui, pour la première fois, avait rejoint Madeleine dans sa chambre.

Duruisseau, comme à son habitude, dormit près de son cheval dans la paille, sûr d'être réveillé à l'aube. Ce fut le seul à bien dormir.

Le lendemain, un habitant de Meursac raconta à qui voulait l'entendre que les trompettes de Jéricho s'étaient fait entendre et que si nulle muraille n'était tombée, la terre s'était effondrée sur une ligne partant de la Mothe jusqu'à l'entrée du bourg. Ce devait être grave pour que les gendarmes à cheval se sauvent du secteur, ajoutait-il. Il aurait vu de la fumée noire sortir de terre par le puits juste à côté du porche d'entrée de la Mothe. Un homme en aurait extrait un autre de ce puits. Tous les deux couverts de poussière, ils auraient couru l'un soutenant l'autre jusque dans le centre du bourg, mais personne ne put confirmer. Le témoin était un peu simple d'esprit, alors où était la vérité ?

Un étranger, visiblement pressé, glissa dans la conversation qui faisait rage sur la place du village qu'il avait déjà vu un tel phénomène et que ce devait être un tremblement de terre comme celui qui avait séparé Oléron du continent. Probablement effrayés par ce cataclysme, tous les résidents de l'auberge quittèrent les lieux, y compris Madeleine. La légende enfla puis le train-train reprit. La curiosité retomba. L'auberge rouvrit ses portes, des foires et des courses de chevaux eurent lieu, et l'on oublia. On repensa à l'événement lors des obsèques du père Rouffet et avec le retour du propriétaire du domaine de la Mothe qui embaucha une nouvelle équipe, l'ancienne étant probablement partie de peur des tremblements de terre. La *Gazette des bains de mer* parla de l'affaire en titrant :« La ligne de fracture sismique passe par Meursac » et en fournissant des explications techniques que personne ne comprit. Filloux vendit sa ferme et émigra en Algérie, emmenant sa femme et… son chien.

On oublia de nouveau.

MEURSAC. - Le retour des Courses - Le défilé

MEURSAC. - Hippodrome de la Motte - Course attelée

Épilogue

ILS ALLAIENT ENFIN TOUS SE REVOIR

Six mois plus tard.

La salle de l'ingénieur était réservée pour deux jours. Madeleine semblait radieuse et exhibait son ventre bien rond serré dans son tablier. Marchand, sortant de la cuisine, le caressa doucement, repoussé par jeu par la future maman.

— Tu n'as plus le droit de me toucher jusqu'à notre mariage qui, j'espère, arrivera avant la naissance du bébé.

— Ce serait un événement : un baptême avant ou en même temps qu'un mariage…

Changeant de conversation, Marchand demanda :

— Ils ont tous confirmé leur arrivée ?

— Ne t'inquiète pas, ils vont arriver.

Comme pour répondre à sa question, le bruit de plusieurs cavaliers se fit entendre.

Duruisseau entra le premier, suivi de Fischer, puis de M. et Mme Chassepot, manifestement en compétition avec Madeleine.

— Il ne vous a pas fait chevaucher dans votre état ? s'inquiéta cette dernière.

— Rassurez-vous, je suis venue avec la calèche de l'ambassadeur conduite par Son Excellence elle-même, s'il vous plaît. Depuis ces moments tragiques, il ne sait que faire pour remercier la gendarmerie à travers mon mari. Il a vu arriver au loin M. le Substitut, aussi l'attend-il pour nous rejoindre. Nous repartons provisoirement pour récupérer à la gare de Pisany Mmes Fischer et Duruisseau qui vont nous rejoindre.

— Et Eusèbe, l'avez-vous vu ?

— Il est passé chez Rémi pour le convier à notre petite réunion et je suppose qu'il va se faire un plaisir d'apparaître par le passage secret, lui répondit Fischer.

— Comment se porte mon cousin, enfin je veux dire moralement, car sa blessure physique est guérie, mais dans sa tête ?

Venant du fond de la salle, arrivant comme Fischer l'avait prédit, Eusèbe prit en partie la taille de sa cousine et lui dit :

— Je suis bien aise de ta sollicitude, cousine. Je te remercie de nous recevoir, toi et ton futur époux. Bonjour à tous. Tiens, M. l'Ambassadeur et Francis, mon ami. Entrez.

— Il a éludé ma question c'est signe qu'il

y pense toujours.

— En confidence, je peux vous dire, chère hôtesse, qu'Eusèbe, à notre retour, a vite repris sa vie mondaine nocturne et parisienne et a volé de conquête en conquête féminine. Mais, depuis trois semaines, plus rien. Il semblerait qu'il se soit calmé depuis un certain repas pris chez Duruisseau à son invitation où se trouvait la sœur de ce dernier, d'une beauté à couper le souffle, glissa Fischer dans l'oreille de Madeleine.

— Alors, il est sauvé, ou pauvre fille.

Rémi arriva à son tour, accompagné de son épouse, Manon.

— Vous vous êtes laissé pousser les cheveux à ce que je vois ! s'exclama Chassepot.

— C'est plus pour cacher l'ablation de mon oreille que par coquetterie.

— Pardon, mon ami, j'avais oublié votre blessure dans le puits avec le retour de flamme suite à l'explosion.

— Vous êtes tout excusé, c'est un de vos hommes chargé de la sécurité de Filloux et compagnie qui m'a sauvé la vie. La médecine a fait le reste mais j'ai encore des bourdonnements passagers qui peuvent durer deux jours d'affilée. Il paraît que cela va s'atténuer avec le temps.

Se tournant vers Marchand, Duruisseau demanda :

— Quand vous voit-on en uniforme de colonel, mon colonel ?

Eusèbe se retourna et leva un sourcil.

— Voilà bien la fougue de Duruisseau, je devrais dire « lieutenant Duruisseau. » Je voulais vous faire la surprise, mais vu les circonstances… Pour services rendus à la nation, nous avons bénéficié d'une promotion exceptionnelle. En fait, je suis lieutenant-colonel, c'est en dessous de colonel, mais je ne désespère pas d'y arriver.

— Lieutenant-colonel ça veut dire « tenant lieu de colonel. » Alors, si vous avez le poste, vous avez le grade, affirma gravement Duruisseau.

Il poursuivit, l'air malicieux :

— Mais il semble que les promotions aient valsé pour tout le monde. Par exemple, ma sœur me disait hier que chez les rats-de-cave…

— Mon cher Duruisseau, pour un agent des services de renseignements, je vous trouve bien bavard. C'est un fait, j'ai un fort penchant pour votre sœur, mais, en accord avec elle, compte tenu des événements récents, nous avons décidé de nous donner le temps pour savoir si vous deviendrez mon beau-frère. Pour ce qui est de la promotion, eh bien oui j'ai obtenu le grade de directeur divisionnaire et je dirige tous les agents de terrain de France et de Navarre. Mon ami Fischer m'a succédé et pris le grade d'inspecteur principal.

— Et il est toujours mon chef, un peu plus loin, mais mon chef quand même.

— Ce que c'est l'amitié ! Mais vous, chef.

— Adjudant et bientôt, à titre exceptionnel, adjudant chef, ce qui nous a décidé, mon épouse et moi, à penser à fonder une vraie famille. Je vais bientôt prendre la tête d'une brigade mobile spécialisée dans les affaires pénales. Mais vous, mon colonel, et vous, mon lieutenant, vous êtes restés en place ?

— Non, mon ami, je vais bientôt m'installer non loin de Madeleine et de notre enfant à venir, à la préfecture maritime de La Rochelle, où je serai chargé de la sécurité des côtes et de la flotte et correspondant régional du deuxième bureau. Duruisseau, quant à lui, il reste au fort de Vincennes, siège du deuxième bureau, comme vous le savez, et il va diriger une équipe spécialisée dans les actions musclées mais secrètes.

Au moment où la serveuse de l'auberge agitait une clochette et annonçait le déjeuner, Mmes Fischer et Duruisseau ainsi que Melle Duruisseau entrèrent dans la salle.

Duruisseau prit le bras d'Eusèbe et lui dit en aparté :

— Je n'y suis pour rien, mais si j'ai parlé de ma sœur tout à l'heure c'est que nos femmes ont manifestement communiqué et je peux vous dire que, quel que soit le résultat de votre rencontre, je ne peux que vous admirer pour le courage dont vous avez fait preuve dans les souterrains et ramener le soit-disant Ian à la surface et à la justice.

— Je devais être encore ivre de vengeance car j'avoue que je me suis étonné moi-même. Rassurez-vous, je sais que vous êtes trop honnête pour comploter contre moi, aussi libérez mon bras pour je puisse accueillir votre sœur comme il se doit et dites-vous que je serais très fier d'être votre beau-frère. Mesdames et Messieurs, je vous présente parmi ces dames très attendues Melle Geneviève Duruisseau, sœur du célèbre enquêteur du deuxième bureau.

Il s'approcha de la jeune femme, lui tendit le bras et elle s'appuya dessus, visiblement très émue. Pas un bruit, tout le monde regardait et admirait la beauté de la nouvelle venue. Sans artifice trompeur, il émanait de son visage et de son maintien une douceur naturelle, un équilibre que le chevalier de l'Ombrail recherchait sans doute depuis longtemps.

Remise de sa surprise, Madeleine reprit

son rôle de maîtresse de maison.

— Il semble que le déjeuner est servi. Si l'honorable société veut bien me suivre…

Le repas dura le temps que tout un chacun s'exprimât sur les futilités de la vie. Le repas, des plus copieux, avait engourdi vers sa fin une partie de l'assemblée. Fine mouche, Madeleine lança :

— Mon cousin aurait, paraît-il, des cigares de Cuba, de contrebande bien sûr ! Avant de partir, Filloux m'a confié un vieux cognac « à déguster par le chevalier et ses amis, » m'a-t-il dit. Aussi, je vous propose, mesdames, de nous retirer pour ne pas être incommodées par les odeurs de tabac et d'alcool. Il fait beau et nous pourrions descendre sur le champ de course de façon à aider à la digestion. L'occasion est bonne pour faire connaissance et nous lier d'amitié afin de mieux nous défendre de nos mâles sûrs d'eux.

Ces derniers protestèrent mollement et, comme prévu, le cognac et le tabac firent leur apparition.

Installés dans les fauteuils du cabinet dit « de l'ingénieur », tous appréciaient la pause. Le silence régnait et chacun savait que Marchand s'exprimerait en premier.

— Je donne la parole au futur procureur de Saintes pour nous expliquer la version officielle et publique de cette affaire. Les ministères de la Défense et de la Justice ont trouvé une histoire plausible que je vous laisse le soin d'exposer.

— Je tiens, en premier lieu, à souligner la parfaite entente entre nos deux services afin de ne pas affoler, voire exacerber le peuple sur des faits dont les conséquences ont été tragiquement raisonnables.

Chacun reconnut que les réquisitions publiques du futur procureur de la République de Saintes seraient incisives et mémorables.

— À ce jour sont inculpés le chef de culture et ses employés de vol d'alcool, recel et contrebande. L'administration fiscale, partie civile, a joint ses conclusions aux réquisitions du Parquet et a fixé le montant de la consignation à un montant que les auteurs ne peuvent acquitter, sans caution ni ressources connues, que par un passage par la prison pour dette, qui étant donné le montant, les tient en rétention jusqu'à l'année 1915 pour les auteurs primaires et 1918 pour la tête pensante de l'équipe, l'homme qui se fait appeler Ian Peterson. La justice a fait son office.

Marchand reprit la parole :

— Dans les archives militaires locales, il est noté que le contrôle inopiné des casemates poudrières a non seulement permis d'assainir le personnel et d'optimiser la gestion des stocks, mais aussi moderniser le fonctionnement de la défense nationale. Dans les archives secrètes du deuxième bureau, le démantèlement d'un réseau mêlant agents secrets de l'Allemagne, activistes bolcheviques, anarchistes et terroristes très dangereux a été réalisé. Les auteurs de ces faits sont au secret au fort de Vincennes et le prétendu Ian est en voie d'être échangé avec un de nos agents actuellement prisonnier à Berlin. Mais que conclut l'administration fiscale ?

— Mon administration insiste sur la collaboration entre la gendarmerie et ses brigades d'enquêtes qui a mis au jour un trafic d'alcool local et d'une contrebande très élaborée. Les droits en jeu, payés par la veuve Rouffet, ont fait l'objet d'une transaction en ce qui concerne les pénalités. Pour son civisme, Filloux a bénéficié d'une prime d'aviseur, ce qui lui a donné l'opportunité de migrer vers l'Afrique du Nord, avec sa femme, la veuve Rouffet, et son chien. Drôle de ménage à quatre… Il a emporté des plants de vigne et compte développer une filière viticole dans nos colonies.

— Comment as-tu pu descendre dans les souterrains alors que tu savais que la mise à feu avait été lancée ? demanda Rémi.

— Je ne voulais pas que ce salaud s'en sorte comme victime de je ne sais quoi. Aussi, quand je l'ai vu foncer vers les salles souterraines, je l'ai pris en chasse et je l'ai sorti de force de sa retraite. Mais la gendarmerie dans tout ça ?

— La gendarmerie se glorifie de sa présence et de son efficacité sur le terrain, de la collaboration des services régaliens de l'État, et ainsi réclame plus d'effectifs et de moyens pour réprimer les activités illicites. Nous n'avons fait que notre devoir.

— Rien que notre devoir, sans doute, mais il était nécessaire de le faire reconnaître pour éviter que notre hiérarchie ne s'empare de la gloire qui incombe ceux qui prennent les risques. Chassepot, ma reconnaissance vous est acquise, tant par votre honnêteté que par votre accueil chaleureux, l'abnégation de votre épouse, et la qualité de votre treille. Je propose qu'au moins une fois par an, nous nous retrouvions ici, conclut Eusèbe.

Ils rejoignirent leurs compagnes sur le champ de course et, misant au hasard, Duruisseau gagna un canard.

— Comme si rien ne s'était passé !

Qui que ce fut ayant prononcé cette phrase, tous opinèrent.

SOMMAIRE

Prologue 9

En route pour la foire 13

Tania s'est habillée de rouge 19

Paris, début mars 1898, six mois avant le drame 23

Où on parle de Dreyfus, entre autres ! 31

La choucroute de Mme Fischer et les révélations de Marchand 39

Au bout des rails, La Rochelle 53

Rencontre électrique à Marennes 61

Où Guillard se dévoile (en partie) 69

La maréchaussée à Cozes 83

La sombre affaire Lestioux 91

Premières investigations 99

Après Corme-Écluse,
Les Épeaux 107

Les dessous de l'affaire 117

Le charme russe 127

La réunion secrète 137

Cet air est vraiment malsain 143

Il n'y a pas que les cœurs
qui tremblent 149

Épilogue 157

Geste éditions
Centre routier – 11, rue Norman-Borlaug – 79260 La Crèche
Diffusion-Distribution : tél. 05 49 05 83 50 – fax 05 49 05 83 52
Éditions : tél. 05 49 05 37 22 – fax 05 49 05 76 20
www.gesteditions.com

L'histoire de Geste éditions a commencé il y a quinze ans dans le sud du département des Deux-Sèvres. Du tout premier *Bestiaire poitevin* aux actuelles publications universitaires de la collection « Pays d'histoire », un catalogue dédié aux terroirs de l'ouest de la France est né. Près de six cents titres façonnent aujourd'hui l'identité entre Loire et Gironde : récits de vie, thèses d'histoire, beaux-livres, monographies patrimoniales, carnets de voyages, autant de témoignages de l'activité humaine en région. De son nom d'origine, la Geste paysanne, la maison a conservé sa philosophie humaniste fondée sur l'étude des pratiques populaires, les arts et les sciences du langage. C'est encore et toujours la geste des pays de l'Ouest que chantent nos auteurs, sources de beaux esprits, de territoires rêvés et imaginaires, de culture régionale révélée.

Parallèlement à son activité éditoriale, Geste éditions s'est spécialisée dans la diffusion de livres auprès des librairies de quatorze départements. Elle représente désormais près d'une centaine d'éditeurs.

Par ce logo, nous témoignons d'une volonté de réduire
les impacts environnementaux liés
aux activités de l'imprimerie.
Nous choisissons un imprimeur impliqué
dans la réduction des gaz à effet de serre.

Le choix de nos papiers assure que
la production a été faite à partir d'un produit à base
de bois et a suivi le cahier des charges
d'une gestion durable des forêts européennes.

Achevé d'imprimer en le 12 septembre 2014
sur les presses de
La Manufacture - Imprimeur – 52200 Langres
Tél. : (33) 325 845 892

N° imprimeur : 140718/1 - Dépôt légal : septembre 2014
Imprimé en France

Composition : Les ateliers Geste
Achevé d'imprimer en France en septembre 2014